器材专家 **2**

最新佳能

EOS 550D

数码单反摄影手册

（日）Motor Magazine 出版社 / 编

陈丝纶 / 译

MotorMagazineMook

中国青年出版社
CHINA YOUTH PRESS

中青雄狮

器材专家 **2** 最新佳能
EOS 550D
数码单反摄影手册

CONTENTS　目录

Gallery 01 冈田裕介

用EOS 550D拍摄
孩童抓拍

和孩子一起在沙滩上奔跑，将相机放到较低位置，不用取景器拍摄下这张照片。这款相机很轻，因此即使使用这种方式拍摄也不难完成，人工智能伺服自动对焦的速度和准确性都让人惊叹不已。

■运动模式（F5.6 1/500 秒 ISO100）
RAW
共同数据▶EF-S 18-35mm F3.5-5.6 IS

孩子耷拉着眼睫毛，露出缺门牙的嘴，正在哭泣。拍摄好照片的绝招之一是时刻保持握持相机的状态，并随时准备按下快门，不让任何好时机溜走。轻巧便捷是这款相机最大的优势。

■运动模式（F3.5 1/320 秒 ISO1250）RAW

这是一款善于"把握时机"的相机

平时，我使用的是其他品牌的高端相机。而第一次使用的佳能相机就是这一款EOS 550D，在期待的同时稍有些不安。不过，我还是如往常一样，带着我的孩子出门，到附近的海边、公园玩耍。

对于我来说，拍摄孩童的照片时最重要的就是和孩子一起玩耍，并在玩耍时拍下照片。我不想将时间浪费在"记录"这件事上，因为和孩子在一起度过的时光是独一无二的。

可以下这样的结论，EOS 550D 对于拍摄"我家儿子"的照片来说真是太适合了。

即使单手握持相机跑动，也不会感觉到有负担，因为它轻巧、易掌握平衡。这是高端相机没有的优点。

而且我家儿子已经 6 岁了，变得越来越调皮。而该相机的高速人工智能伺服自动对焦功能让我能拍下顽皮的、来回跑动的儿子，我非常中意这款相机的这一优点。

此外，利用套机镜头在高感光度下也可以拍出优良画质，并且具备防抖功能。因此，即使是在傍晚、阴影下以及室内阴暗处，我也能毫不犹豫地按下快门。随后，更让我惊讶的是当我将照片导入电脑中欣赏时发现：相机自动曝光功能的精度竟然如此高！不需要麻烦的计算，全部交给EOS 550D 就可解决。也就是说，EOS 550D 使我能更安心地与孩子玩耍！

EOS 550D 不仅不会打扰我和儿子的交流，而且还可以清晰捕捉珍贵的时刻，记录下美好瞬间。

冈田裕介
Yusuke Okada

1978 年生于日本埼玉县，学生时代游学于日本及亚洲各国。担任拍摄助理至 2003 年，于当年开始成为自由职业者。移居至冲绳县的石垣岛后，又将工作地移到了东京。现广泛活跃在各个领域。

由于逆光强烈，内置闪光灯自动闪光。如果在不使用闪光灯的情况下根据被摄体曝光，则背景会曝光过度。但 EOS 550D 内置闪光灯的表现在我预料之外，它将作为背景的大海表现得非常清晰，相机这种巧妙的自动反应为拍摄添彩不少。

■ 人像模式（ISO400　闪光灯自动）RAW

右图拍摄了在夕阳中等待潮汐到来的冲浪运动员，以及与假想敌在战斗的儿子。我将曝光补偿设置为 EV+0.3 并让相机自动调整白平衡等参数，从而正确地再现了夕阳西下时的场景。极为丰富的色调层次与 1800 万像素的解像力，让我可以享受打印大幅照片的乐趣。

■ 光圈优先自动曝光（F5.6）
曝光补偿 EV+0.3　WB：自动　ISO100
RAW

用EOS 550D拍摄
女性摄影

上图仅利用多云天气时的昏暗光线拍摄。当时环境非常暗，仅用肉眼无法判断该使用何种参数组合。不过，EOS 550D 的实时显示拍摄功能告诉我"用适当曝光拍摄，可拍出春日暖洋洋的感觉"。

■ EF 24mm F1.4L Ⅱ　光圈 F1.4
WB：自动　1/60 秒 ISO800　RAW

我让模特儿"保持运动状态，不要停"，这是拍摄出来的其中一张照片。模特儿的动作非常自然，完全没有摆拍的痕迹。用EOS 550D 拍出模特儿的自然姿态，非常有感觉，让我拍摄起来也心情畅快。

■ EF 24-70mm F2.8L　光圈 F3.2
1/125 秒　WB：自动 ISO1250　RAW

EOS 550D 为我们毫无保留地展现出了时光赋予彩月小姐的成熟魅力。

■ EF 24-70mm F2.8L　光圈 F2.8
1/200 秒　WB：自动 ISO400　RAW

※ 模特：彩月贵央

上图展示了模特透明且富有魅力的眼睛。此张人像照片尝试以表现模特的魅力为主题进行拍摄。

■ EF 35mm F1.4L　光圈 F1.4　1/60 秒
WB：自动　ISO200　RAW

符合摄影师"工作标准"的
入门级数码单反相机

好相机的标准是什么？就是可以让摄影师在拍摄时全然不觉相机的存在，让摄影师能将全部精力集中在被摄体上。我想大概许多摄影刊物都会这样讲。

EOS 550D 确实是这样的相机。这款相机不会分散拍摄双方的注意力，从而不会让模特感到紧张，使模特在整个拍摄过程中摆出的姿势都能获得预期效果。虽然有些人可能会以为这是相机理所当然应该具备的特点，但是令人意外的是，能做到这一点的相机并不多见。

在这次的拍摄过程中，我完全忘记了 EOS 550D 是一款入门级数码单反相机。它竟然如此好用！

焦点的精度和画质都接近佳能的高端数码单反相机。特别值得一提的是，对于经常使用实时显示拍摄功能的我来说，EOS 550D 背面的液晶监视器太漂亮了。

如果不是在恶劣天气下的室外拍摄，或者必须要靠顶级的器材来显示摄影师身份，我觉得只用 EOS 550D 就可以完成我的专业拍摄工作。

野下义光
Yoshimitsu Noshita

电脑公司工程师。曾任摄影家大山文彦的助理，后来成为一名摄影师。之后，为众多偶像、艺人和模特拍摄照片，照片刊登在各大杂志上，并发行多本写真集。

上图为窗边柔和光线下的小瓶子和胸花。由于有钨丝灯的光线照射，被摄体不仅通透，还有微妙的色彩层次变化。

Gallery **03** 园江

用EOS 550D拍摄

居家照片

为了拍摄可爱的宠物，在宠物周围摆放了各种小物品。手动选择中央对焦点，选择最佳的构图位置，锁定对焦后进行拍摄。

即使使用ISO6400拍摄，画面表现也能如此清晰。作为一款入门级相机，EOS 550D真是了不起。虽然画面上有一些噪点，但是仅用昏暗的室内自然光，能实现如此完美的对焦已经很不错。

这是佳能的入门级数码单反相机之———EOS 550D。我一开始的感觉是它背面的操作界面设计简单，刚开始使用时就让人毫无抵触情绪。入门级数码单反相机的使用者大多是摄影初学者，因此这一点非常重要。

在实际使用时让我吃惊的是其高感光度范围内的超强降噪能力。在我的印象中，拍摄家中杂物的居家照片，三脚架是必需品。但是没想到拍摄细小的花束时，用ISO1600的高感光度也能表现得非常出色，暗部的噪点也不碍事。这使得手持拍摄的领域扩大了很多。

另外，在家中拍摄猫狗等宠物照片时，即使不用闪光灯，这款相机也可以让您享受到拍摄的乐趣。ISO6400的高感光度是之前的入门级数码单反相机是无法实现的。由于EOS 550D已经将之变成现实，因此摄影初学者也可以愉快地拍摄家中运动着的被摄体，而不必担心因相机抖动导致画面模糊。

照片风格中"标准模式"的色彩不会过于华丽，也不会沉闷，能够恰到好处地给人以心情舒畅的感觉。如果想要提高颜色的饱和度，选择"风光模式"即可。总之，摄影师可以随心所欲地享受拍摄乐趣。

居家照片多在窗边拍摄，光的色彩层次非常丰富。虽然很多条件都容易让色彩层次感消失，不过能表现出前一页玻璃瓶照片这样的色彩层次，我已经非常满意了。

提到居家照片，一个重要的主题当然是"今天的饭菜"！为了表现圆形的可爱餐具和可口饭菜的颜色，采用俯拍，拍摄下整桌饭菜的局部。

拥有厚重色彩的家具被摆放在室内时，窗边光的反射减少，因此这张照片既强调了柔和的光线，又具有较强的色彩对比，表现出一种安定的感觉。

园江

Sonoe

出生于日本新泻县，毕业于东京造型大学。2003 年，创办"Lightinguz"工作室并独立工作。以企业广告照片的拍摄为主，并制作海报、宣传册等。在各种照片中，她表达出了拍摄的乐趣，照片具有时尚而可爱的女性特点。她还及时将具有这样特点的照片上传到照片博客上。

花朵的轮廓非常美，因此用高调拍摄出了这样的效果。想要拍摄出花朵在光中浮现出来的感觉，可使用反光板，这样能使正面受光，减小明暗反差。

■ EF-S 60mm F2.8 Macro USM 光圈优先自动曝光（F2.8） 曝光补偿 EV+1.3 WB:日光 ISO 自动（ISO 1600） RAW

Gallery **04** 并木隆

用EOS 550D拍摄
花卉摄影

大光圈等倍微距镜头在景深只有 1mm 的极端条件下，也没有发生抖动模糊，实现了清晰对焦。这当然是镜头的防抖功能起了作用，不过也说明了 ISO 感光度的自动设定功能非常强大。

■ EF-S 100mm F2.8L Macro IS USM 光圈优先自动曝光（F2.8） WB：日光 ISO 自动（ISO500） RAW

由于 EOS 550D 的常用 ISO 感光度范围扩大了，所以这次的拍摄我尝试了使用 ISO 感光度自动设定功能。由于设置为低感光度更容易得到高画质，因此我以前在拍摄时只会在不得不调高感光度的情况下才会将其调高至最低限度，这也是我一直以来的拍摄风格。可以说，这次使用感光度自动设定功能对我来说也是第一次。

不过，尝试后我惊奇地发现，EOS 550D 的自动设定比我自己设定的 ISO 值更精细。除了以 1/3 档为基本单位而并非以 1 档为单位设定之外，在光量少的地方，虽然 ISO 感光度被调高，但是也仅仅被调高到了"最低限度"。若光线状态相同，只要被摄体没有极端的亮度差，就不会看出 ISO 感光度的设定变化。这简直是太棒了！

EOS 550D 还拥有比这更值得夸奖的优点。在摄影时，把握快门速度不容易，而且在判断"虚化"还是"不虚化"的基础上设定 ISO 感光度也非常困难。对于摄影初学者来说，即使不能判断"在何种情况下使用何种 ISO 感光度设定"也没关系，用 EOS 550D 的全自动模式就可以拍出相当好的照片。

没有人从一开始就能设定好全部参数，每个初学者在以往的拍摄中都出现过因为参数设定错误而导致拍摄失败的情况。现在，我们就可以使用 EOS 550D，依靠全自动模式边拍摄、边留心记住每一种情况下的参数设定，这样就可以在享受拍摄的同时学习拍摄技巧了。EOS 550D 真是让人着迷的最佳相机。它不仅仅能讨初学者的欢心，同时也可以满足专业摄影师的需求。

刚刚开放的雪片莲花丛中，有一朵花独自潇洒地绽放。为了表现花丛的氛围，使用实时显示功能低角度拍摄。

■ EF 70-200mm F4L IS USM 光圈优先自动曝光（F4） WB：日光 ISO 自动（ISO100） RAW

左图为逆光下熠熠生辉的美丽叶片。镜头沿着叶片上的纹路对焦，景深很浅，清晰地表现出局部叶脉的纹路。

■ EF 100mm F2.8L Macro IS USM 光圈优先自动曝光（F5.6）曝光补偿 EV+0.3 WB：日光 ISO 自动（ISO250） RAW

井木隆

Takashi Namiki

1971 年生于东京。从东京写真专门学校（现东京视觉艺术学校）退学后从事自由职业。以拍摄花朵等自然主题的照片活跃在摄影界。给摄影杂志拍照供稿，并担任各类摄影课程的讲师。在2010 年月刊《摄影家》杂志中担任"日本的色彩"专栏作家。

Chapter 1

了解EOS 550D的
高性能 & 多功能

1800万像素CMOS+DIGIC4	自动亮度优化	高光色调优先
高ISO感光度性能·降噪性能	照片风格	速控屏幕
实时显示功能	自动白平衡	±5档曝光补偿
自动对焦	3.7张/秒高速连拍	最新标准的SDXC卡也适用
EOS短片拍摄	镜头周边光量校正	

EOS 550D 各部位
名称 & 功能介绍

在相机的机身上，有很多功能按钮。为了使拍摄轻松愉快，我们来认识相机各部分的名称和性能吧。

内置闪光灯 / 自动对焦辅助灯

在"基本拍摄模式区"，若相机自动判断需要闪光灯时，内置闪光灯会自动弹出。在"创意拍摄模式区"，按下闪光灯按钮，闪光灯才弹出。另外，在暗处很难对焦时，闪光灯会连续闪光，辅助对焦。

镜头卡口

EF 镜头安装标识

35mm 全画幅单反相机也可以安装 EF 镜头，在安装镜头时应将镜头的红点标识和卡口的红点标识对准。

EF-S 镜头安装标志

在安装 APS-C 画幅数码单反相机专用镜头时，应将卡口的白色正方形标志和镜头的白色正方形标志对准。

电源开关

快门按钮

快门按钮有两级。不完全按下，只按下一级时，称之为"半按"。从第一级再往下按至第二级，称之为"完全按下"。"半按"时完成对焦，"完全按下"将释放快门并拍摄照片。

背带环

麦克风

内置麦克风可以实现单频道声音录制。

前视图

手柄

遥控感光元件

减轻红眼 / 自拍指示灯

在使用闪光灯拍摄之前让减轻红眼指示灯亮起，可减轻拍摄时的"红眼现象"。自拍时，在拍摄开始前 2 秒钟，自拍指示灯亮起，提示音变得急促，提示快门即将按下。

镜头释放按钮

按下此按钮的同时旋转镜头，可以将镜头从机身中取出。

景深预视按钮

在看取景器的同时按下此按钮，可从取景器中观察到拍摄时的光圈设定状态，便于查看并确定对焦范围（景深）。

反光镜

触点

连接相机和镜头的电接点。不要触碰。

镜头固定销

主拨盘

可以用来变换光圈值和快门速度，还可以用于调节曝光补偿、选择自动对焦点、快速跳至检视照片等情况。

焦平面标记

表示被摄主体焦平面的位置。镜头的"最近对焦距离"是从这个焦平面开始到被摄主体的距离。

背带环

热靴

可以用来安装另售的 EX 系列闪光灯。EX 系列闪光灯指的是代替内置闪光灯的外接高输出闪光灯。

闪光同步触点

外接闪光灯的电接点。

ISO 感光度设置按钮

在创意拍摄区模式下按下此按钮，可以通过主拨盘或十字键的左右键设定感光度。选择 AUTO 时，相机将自动设置 ISO 感光度。

顶视图

模式转盘

可以切换拍摄模式。模式转盘包括"基本拍摄模式区"、"创意拍摄模式区"以及"短片拍摄模式"。
* 详见右页。

取景器目镜
拍摄时从这里注视取景。不要用手指接触此处，避免造成取景不清楚的状况。

眼罩
采用橡胶材质的边框设计，保证双眼贴近取景器时的柔和舒适度。

屈光度调节旋钮
为了使取景框内的自动对焦框显示得非常清楚，请旋转此旋钮。

拍摄设置显示按钮
拍摄中，可以开启/关闭液晶监视器上显示的光圈、快门速度等信息。此外，在回放图像时按下，可以切换拍摄信息、显示直方图等。

菜单按钮
背面的液晶监视器上会显示菜单画面。操作菜单功能时，可以用此按钮，也可以用十字键或设置按钮。

实时显示拍摄/短片拍摄按钮
按下此按钮，液晶监视器可以实现实时显示拍摄。再次按下此按钮，停止实时拍摄。从模式转盘中选择"短片拍摄模式"后按下此按钮，短片拍摄开始，再次按下则结束拍摄。

自动曝光锁/闪光曝光锁按钮/索引/缩小按钮
在普通拍摄时，按下此按钮则可锁定曝光（自动曝光锁）。使用内置闪光灯拍摄时按下此按钮，则闪光灯预发光。闪光曝光锁功能还可以记忆拍摄时的必要闪光灯光量。此外，在回放中按下，则可以表示为索引显示、缩小显示。

自动对焦点选择/放大按钮
在拍摄时按下，则所选择的自动对焦点会在液晶监视器中显示，可用十字键、主拨盘选择所需的自动对焦点。当所有的自动对焦点都亮起时，则为自动选择。在回放中按下，则图像可以最大放大10倍。

监视器关闭感光元件
当眼睛接近取景器时，液晶监视器会自动关闭，以免监视器晃眼。

扬声器

设置按钮
按下此键确定选择好的项目。

数据处理指示灯
存储卡在记录图像、删除照片时，指示灯会亮起。

液晶监视器

1/125　F8.0　ISO 800　D+
P　-2..1..0..1.:2　⚡-1⅓
RAW+▲L　ONE SHOT
📶　🔋　〔400〕
Q

速控按钮/直接打印按钮
在液晶监视器显示拍摄功能的状态下按下此按钮，使用十字键可直接选择功能，从而非常直观地进行功能设定的操作。此外，在相机与打印机连接时，按下此按钮，可实现直接打印。

回放按钮

十字键
在选择菜单时使用。此外，每个键还在拍摄中分别承担着设定各项功能的作用。

WB　白平衡选择按钮
照片风格选择按钮
驱动模式选择按钮
AF　自动对焦选择按钮

删除按钮

后视图

模式转盘

简单拍摄模式区
□ 全自动
CA 创意自动

场景拍摄模式区
⚡ 闪光灯禁用
👤 人像
🏔 风光
🌷 微距
🏃 运动
🌃 夜景人像

创意拍摄模式区
P 程序自动曝光
Tv 快门优先自动曝光
Av 光圈优先自动曝光
M 手动曝光
A-DEP 自动景深自动曝光

🎬 短片拍摄

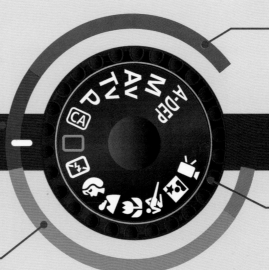

侧视图

存储卡插槽盖
拍摄的图像可以储存到 SD 卡、SDHC 卡、SDXC 卡中。打开插槽盖，将存储卡放入插槽，直到发出咔嚓声表示存储卡到位。

直流电源线孔
使用另售的交流电适配器套装 ACK-E8，可以将相机连接到家用电源插座，无需担心电池电量多少。这是相机电池仓中的电源线接口。

电池仓盖
滑动释放杆可打开仓盖。

三脚架孔

闪光灯弹出按钮
在创意拍摄模式区，按下此按钮，则任何时候都可实现闪光拍摄。在 P 模式中，可自动设定为不易发生手抖的快门速度（1/60 秒 ~1/200 秒）。

端子盖（详见下图说明）

外接麦克风输入端子
将带有立体声微型插头（直径 3.5mm）的外接麦克风（市面有售）连接到相机的此端子，便可录制立体声声音。录音音量可自动调节。

音频 / 视频输出·数码端子
在非专业的普通高清电视上欣赏图片或短片时，及直接打印时，用来连接随相机提供的 AV 连接线。

遥控端子
可连接遥控器的端子，另售的 RS-60E3 遥控器具备半按快门和完全按下两种功能，线长 60cm。

HDMI mini 输出端子
它是高清晰电视与相机连接的端子。需要另售的 HDMI 连接线 HTC-100。

底视图

---

① 快门速度
② 光圈值
③ 主拨盘指示
④ ISO 感光度
⑤ 高光色调优先
⑥ 闪光曝光补偿
⑦ 自动亮度优化
⑧ 驱动模式

　□ 单拍
　□ 连拍
　□ 自动/遥控
　⟳2 自拍定时器: 2秒
　⟳C 自拍定时器: 连拍

⑨ 剩余可拍摄数量
　白平衡包围曝光时剩余可拍数量
　自拍倒计时
　B门曝光时间

⑩ 测光模式
　◉ 评价测光
　◖ 局部测光
　• 点测光
　□ 中央重点平均测光

⑪ 自动对焦模式
　〈ONE SHOT〉单次自动对焦
　〈AI FORCUS〉人工智能自动对焦
　〈AI SERVO〉人工智能伺服自动对焦
　〈MF〉手动对焦

⑫ 电池电量检测

⑬ Eye-Fi通信状态
⑭ 白平衡
　AWB 自动
　☀ 日光
　⌂ 阴影
　☁ 阴天
　☀ 钨丝灯
　☵ 白色荧光灯
　⚡ 闪光灯
　⊿ 用户自定义
　WB +/- 白平衡矫正
　WB 白平衡包围曝光

⑮ 速控图标

⑯ 图像记录画质
　▲L 大/优
　▲L 大/普通
　▲M 中/优
　▲M 中/普通
　▲S 小/优
　▲S 小/普通
　RAW RAW
　RAW+▲L RAW+大/优

⑰ 拍摄模式
⑱ 照片风格
⑲ 曝光量指示标尺
　曝光补偿量
　自动包围曝光范围

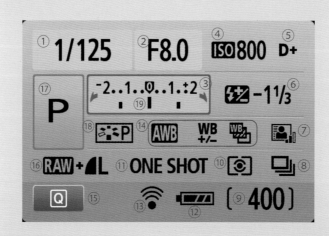

拍摄功能的设定状态

取景器信息

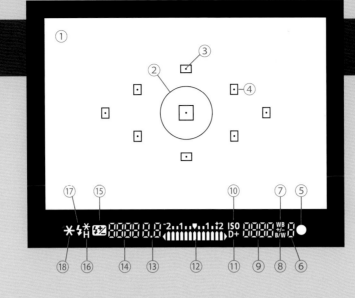

① 对焦屏
② 点测光圆
③ 自动对焦点激活指示灯
④ 自动对焦点
⑤ 合焦确认指示灯
⑥ 最多连拍数量
⑦ 白平衡矫正
⑧ 单色拍摄
⑨ ISO感光度
⑩ ISO感光度显示
⑪ 高光色调优先

⑫ 曝光量指标标尺
　曝光补偿量
　自动包围曝光范围
　减轻红眼灯开启标志
⑬ 光圈值
⑭ 快门速度
⑮ 闪光曝光补偿
⑯ 高速同步（FP闪光）
　闪光曝光锁/
闪光包围曝光进行中
⑰ 闪光灯准备就绪
⑱ 自动曝光锁/包围曝光进行中

SPEC	
有效像素	约1800万像素
传感器类型	CMOS
感光元件尺寸	22.3mm×14.9mm
长宽比	3:2
除尘功能	自动、手动、添加除尘数据
存储卡类型	SD/SDHC/SDXC
记录格式	DCF2.0
图像类型	JPEG、RAW（14bit，佳能原创）可以同时记录RAW+JPEG
图像分辨率	大：约1790万像素（5184×3456） 中：约800万像素（3456×2304） 小：约450万像素（2592×1728） RAW：约1790万像素（5184×3456）
照片风格	标准、人像、风光、中性、可靠设置、单色、用户定义1~3
白平衡	自动、预设（日光、阴影、阴天、钨丝灯、白色荧光灯、闪光灯）、用户自定义、白平衡矫正和白平衡包围曝光功能 ＊支持色温信息传输
降噪	长时间曝光、高ISO感光度拍摄
图像亮度自动矫正	自动亮度优化
高光色调优先	支持
镜头周边光量校正	支持
取景器	类型：眼平五面镜 视野率：垂直／水平方向约95% 放大倍率：约0.87倍 眼点：约19mm 内置屈光度调节：-3.0~+1.0m-1（dpt） 对焦屏：固定式、精确磨砂 反光镜：快回型 景深预视：支持
自动对焦	类型：TTL辅助影像重合，相位检测 对焦点数量：9点 测光范围：EV-0.5~18（常温，ISO100） 对焦模式：单次自动对焦、人工智能伺服自动对焦、人工智能自动对焦、手动对焦（MF） 自动对焦辅助光：由内置闪光灯发出的短促连续闪光
曝光控制测光方式	63区TTL全开光圈测光 ＊评价测光（可与任何自动对焦点联动） ＊局部测光（取景器中央约9%的面积） ＊点测光（取景器中央约4%的面积） ＊中央重点平均测光 测光范围：EV 1~20（常温，使用EF 50mmF1.4 USM镜头，ISO100）
曝光控制方式	程序自动曝光（全自动、人像、风光、微距、运动、夜景人像、闪光灯关闭、创意自动、程序）、光圈优先、快门优先、景深优先、手动曝光
ISO感光度（推荐的曝光指数）	·基本拍摄模式区：在ISO100~3200之间自动设置 ·创意拍摄模式区：ISO100~6400（以整档为单位），ISO100~6400自动，ISO感光度可以扩展至12800

曝光补偿	手动和自动包围曝光（可与手动曝光补偿组合使用） 可设置数值：±5档间以1/3或1/2档为单位调节
自动曝光锁	自动：在使用评价测光的单次自动对焦模式下，合焦时应用 手动：通过自动曝光锁按钮锁定
快门	类型：电子控制焦平面快门 速度：1/4000秒~1/60秒（全自动模式）、1/4000秒~30秒、B快门（可适用于所有拍摄模式） 闪光同步速度：1/200秒
内置闪光灯	可收回，自动弹起式闪光灯 闪光指数：13（ISO 100·m） 闪光覆盖范围：17mm镜头视角 回电时间约3秒
外接闪光灯	EX系列闪光灯（能用相机设置闪光灯功能）
测光方式	闪光测光E-TTL II自动闪光
闪光曝光补偿	±2档间以1/3或1/2档为单位调节
闪光曝光锁	支持
PC端子	无
连拍速度	最高约3.7张/秒
最大连拍数量	JPEG（大/优）：约34张 RAW：约6张 RAW+JPEG（大/优）：约3张
驱动模式	单拍、连拍、10秒延时/2秒延时自拍、10秒延时连拍
使用实时显示拍摄功能	对焦：实时模式、面部优先实时模式（反差检测）、快速模式（相差检测）、手动对焦（能放大5倍/10倍） 测光方式：评价测光 测光范围：EV 0~20（常温，使用EF 50mmF1.4 USM镜头，ISO 100） 网格线显示：两种类型
液晶监视器	类型：TFT彩色液晶监视器 监视器尺寸和点数：3.0英寸，约104万点 视野率：约100% 亮度调节：手动（7档） 界面语言：中文、英文
回放功能	图像显示格式：单张图像、单张图像+信息（基本信息、详细信息、柱状图）、4张图像索引、9张图像索引、可旋转图像 放大显示：约1.5倍~10倍 图像浏览方式：按单张图像、10或100张图像、拍摄日期、短片或静止图像跳转 高光警告：曝光过度的高光区域闪烁 短片回放：支持（液晶监视器、视频/音频输出、HDMI输出）内置麦克风
打印模式	兼容打印机：兼容PictBridge的打印机 可打印图像：JPEG和RAW图像 打印命令：兼容DPOF1.1版
自定义功能	自定义功能：12种 注册我的菜单：支持 附加版权信息：可设定和附加

视频接口	音频／视频输出·数码端子：模拟视频（与NTSC/PAL兼容）／立体声音频输出用于计算机通讯和直接打印（相当于Hi-Speed USB） HDMI mini 输出端子：C型（自动切换分辨率），CEC兼容 外接麦克风输入端子：直径3.5mm立体声微型插孔 遥控端子：用于快门线RS-60E3无线遥控 无线遥控：与遥控RC-6对应
使用电池	专用锂电池LP-E8，1个
电池信息	电池电量标志分四段显示
电源	拍摄照片续航能力：使用取景器拍摄常温（+23℃）时约440张，低温（0℃）时约400张／使用实时显示拍摄常温（+23℃）时约180张，低温（+0℃）时约150张 拍摄短片续航能力：常温（+23℃）时合计约1小时40分钟/低温（0℃）时合计约1小时20分钟
尺寸大小	W128.8×H97.5×D75.3mm
重量	475g（仅机身）
操作环境	工作温度范围：0℃~40℃ 工作湿度范围：85%以下

短片拍摄功能	
短片压缩方式	MPEG-4 AVC/H.264可变（平均）比特率
音频记录格式	线性PCM
记录格式	MOV形式
记录尺寸与帧频	1920×1080（全高清）：30p/25p/24p 1280×720（高清）：60p/50p 640×480（标清）：60p/50p 裁切640×480（标清）：60p/50p ＊30p：29.97帧/秒，25p：25.00帧/秒，24p：23.976帧/秒，60p：59.94帧/秒，50p：50.00帧/秒
文件尺寸	1920×1080（30p/25p/24p）：约330MB/分 1280×720（60p/50p）：约330MB/分 640×480（60p/50p）：约165MB/分 裁切640×480（60p/50p）：约165MB/分
对焦	与实时显示拍摄的对焦相同
测光模式	使用感光元件进行中央重点平均测光和评价测光 ＊由对焦模式自动设定
测光范围	EV 0~20（23℃/73°F，使用EF 50mmF1.4 USM镜头，ISO 100）
曝光控制	短片用程序自动曝光（可进行曝光补偿、手动曝光
ISO感光度	自动曝光拍摄时：自动在ISO100~6400的范围内设置 手动曝光拍摄时：可在ISO100~6400的范围内手动进行设置（以整档为单位），ISO自动
录音	内置单声道麦克风（设有外接立体声麦克风端子）
网格线显示	两种类型

EOS 550D
超凡卓越

讲解：野下义光

01 1800万像素CMOS+DIGIC4

记录像素和可拍摄张数
(4GB存储卡、ISO100、照片风格：标准)

画质	记录像素	单张大小	可拍摄张数
▲L	5184×3456 (约1790万)	约6.4MB	约570张
▲L	5184×3456 (约1790万)	约3.2MB	约1120张
▲M	3456×2304 (约800万)	约3.4MB	约1070张
▲M	3456×2304 (约800万)	约1.7MB	约2100张
▲S	2592×1728 (约450万)	约2.2MB	约1670张
▲S	2592×1728 (约450万)	约1.1MB	约3180张
RAW	5184×3456 (约1790万)	约24.5MB	约150张
RAW+▲L	5184×3456 (约1790万)	约24.5+6.4MB	约110张

画质

RAW+▲L　18M 5184x3456 [238]

▲L ▲L ▲M ▲M ▲S ▲S

RAW+▲L　RAW

画质设定根据 JPEG 格式的图像记录尺寸分级和压缩率，大、中、小三种图像的记录尺寸各有 2 种。另外还有 RAW 及 RAW+大 / 优（JPEG 的最佳画质）。共计 8 种画质设定可供选择。

利用 1800 万像素可以拍摄出其他品牌的入门级单反相机无法企及的高精细图像。要迅速处理如此高精细的图像，可完全信任佳能数字影像处理器 "DIGIC4"。

大胆裁剪图像也OK

超乎寻常的画面分辨率使图像可以被放大到很大尺寸。摄影师也可以对其进行大刀阔斧的图像裁剪。图像从高光部分到阴影部分的色阶非常丰富。在佳能及其他厂商的相机中，EOS 550D 是目前 APS-C 数码单反相机中画质比较突出的一款。

与高端相机相比，画质也不差

EOS 550D "忠实" 地继承了 EOS 系列数码相机的传统——对画质高要求! 实际上，我做过相同条件下高端相机 EOS 7D 与 EOS 550D 的实拍对比，拍出来的照片实在是难分优劣，几乎看不出差别。

就相机零件层面来说，官方说明上并未显示 EOS 550D 与 EOS 7D 的感光元件是否相同，但是在参数方面，从实拍对比效果上来看，两种机型的画质可以说是不分上下的。在所有 EOS 系列数码相机中，EOS 550D 是目前佳能 APS-C 数码相机中拥有最高画质的几款相机之一。

值得注意的是，EOS 550D 拥有 14bitA/D 转换。这是目前 EOS 数码相机的标准参数，作为 EOS 家族 "小弟弟" 的 EOS 550D 也不例外。14bitA/D 转换具有丰富的色阶表现，可以非常好地表现出景深效果，立体感极强。

此外，EOS 550D 拥有约 1800 万有效像素，拍摄出来的照片即使被打印成一张榻榻米大小（1.62m²）的超大型照片也没问题。换言之，对图像做裁剪处理的余地非常大。

14bitA/D 转换和约 1800 万的有效像素可记录极大的数据量，而 EOS 550D 的最高连拍速度可以达到 3.7 张 / 秒，这全靠影像处理器 DIGIC 4 来实现。高端数码单反相机 EOS-1D Mark IV 也是运用了 DIGIC 4，这是佳能原创的数字影像处理系统。而其他的很多数字影像处理系统都无法与 DIGIC 4 的超高性能相提并论。

超凡的质感表现力
人物瞳孔中映照出来的窗边风景都清晰可见，如此高的清晰度着实让人吃惊，并且模特肌肤质感的表现也非常棒。可以说，画质达到了无法挑剔的超高境地，实现了超强的表现力。不过，这是运用 ISO400 的感光度拍出来的照片。过去的高感光度如今已经变成了常用感光度。

■模特：森仁奈

常用的最高感光度为ISO6400
ISO 感光度可以被设定至 6400（使用扩展功能可以实现 ISO12800）。相机的高感光度性能着实得到了提高，拍摄表现的范围也得到了扩展与延伸。

02 高 ISO 感光度性能·降噪性能　[来尝试使用高感光度拍摄吧]

不同感光度下的画质对比

尝试在只有 7 根蜡烛的光照条件下进行拍摄。镜头为标准变焦镜头，最大光圈值为 F5.6。这在过去来说是非常苛刻的拍摄条件，而现在却变得非常简单。

共同数据

■ EF-S 15-85mm F3.5-5.6 IS USM

ISO 感光度在 100~6400 之间，每张图按照感光度分档设定。

在自定义功能中，可设定扩展 ISO 感光度。H（相当于 ISO12800）是 EOS 550D 的最高感光度。由于感光度大幅提高，因此画质会相应变粗糙。

ISO1600

过去的超高感光度变成了目前的常用感光度。在 7 根蜡烛的光照条件下，快门速度为 1/30 秒，在 3~4 根蜡烛的光照条件下，快门速度为 1/15 秒。可以用 IS 光学防抖功能控制相机抖动，但被摄体的抖动却不可避免。画质没有什么问题，不过是否还需要更进一步完善呢？

ISO3200

单看这张照片，很少有人会看出摄影师是用 ISO3200 的感光度拍摄的，画质非常好。这就说明，ISO3200 可以作为常用感光度使用。

ISO6400

这是不使用扩展功能时的最高感光度。在 7 根蜡烛的光照条件下，利用光圈 F5.6、快门速度 1/125 秒以及手持相机就能实现拍摄。画质也达到了可实际应用的水平。打印出 A4 大小的照片用于观赏，完全没问题。

H（相当于ISO12800）

这是 EOS 550D 可设定的最高感光度。由于是扩展功能，因此在图像处理时会模拟提高感光度，可以明显感觉到画面上的噪点增多了。通常不建议使用。

高感光度拍摄时的降噪效果

基本上，数码图像的 ISO 感光度越高，噪点就会越明显。这里尝试在感光度 ISO6400 的情况下对照片进行"降噪处理"。不过，在噪点得到抑制的同时，清晰度也会有所降低，这一点值得注意。

降噪功能：禁用

ISO6400 时，将降噪功能设定为"禁用"，画面中有明显的噪点。考虑到画面的清晰度，还是不推荐主动将降噪功能设定为"禁用"。

降噪功能：弱

即使是调到"弱"，仍然效果明显，并且对清晰度几乎没有影响。在这次的对比测试中，本人最喜欢的是这一设定时的效果。

降噪处理越强，清晰度会相应降低。此外，在简单拍摄区模式下，相机自动设定降噪处理为"标准"。

高感光度和降噪处理的完美组合

EOS 550D 在高感光度性能上比 EOS 500D 更上一层楼。

它拥有高性能的高感光度设置，让摄影师使用起来得心应手。需要使用高感光度拍摄的被摄体，主要是动态的被摄体，比如运动着的人或运动场面等。在为了防止被摄体抖动而需要调高快门速度的情况下，必须调高感光度。此外，在照射在被摄体上的光线无法改变的情况下，也只能调高感光度。

不管怎么说，无论相机性能多高，高感光度仍然比低感光度时噪点明显。在高感光度情况下，抑制噪点的降噪功能被分为 4 级："标准"、"弱"、"强"和"禁用"。因为降噪处理越强，清晰度越低，所以可以尝试各种设置，选择自己认为最佳的设定。

在通常情况下，感光度越高，画质越差。但是使用 EOS 550D 拍摄时，在 ISO 1600~3200 之间，画质基本上没问题。对于摄影初学者来说，推荐使用相机的"ISO 自动"功能。

降噪功能：标准

非常好地控制了噪点，清晰度也非常高，这是最受人青睐的设定。

降噪功能：强

噪点得到了完全的抑制。不过，清晰度也相应降低，缺乏生动感。在对噪点要求极为严格时推荐使用此设定。在此设定下，可连拍张数变为了 2 张。

03 实时显示功能 [数码单反相机的新拍摄风格]

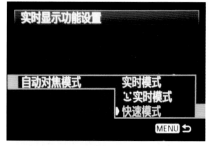

自动对焦·快速模式

快速模式是拍摄纪念照片的最佳模式。半按快门，瞬间合焦后，自动对焦锁定。推荐还没习惯使用光学取景器以及单反相机的人使用。

从菜单画面进入设定。

拍摄夜景时使用实时显示功能，绝对方便

拍摄夜景时使用实时显示功能具有极大的优越性。若使用光学取景器，则夜空和取景器的边框部分都很暗，让人看不清楚。但是，使用实时显示功能，夜景也可以显示得很亮，取景变得相当轻松。

比光学取景器更便于取景

数码单反相机 EOS 550D 已配备了高精度的光学取景器。不过，其实时显示功能也相当出色。

现在，实时显示功能已成为了便携式数码相机的必备功能，这已经让使用者习惯成自然了。所以对于数码单反相机的初学者来说，恐怕还不大习惯使用光学取景器。

不过，使用 EOS 550D 就完全不用担心这个问题。可以用实时显示功能拍摄，使用起来和便携式数码相机非常相似。

数码单反相机当然要配备光学取景器——很多摄影老手都有这样的想法。不过，您也一定要试试 EOS 550D 的实时显示功能。在某些拍摄场景中，使用实时显示功能比使用光学取景器更方便，也能将照片拍得更漂亮。

EOS 550D 实时显示功能的耗电量也非常低，因此不必担心电量问题，可以在拍摄中一直开启实时显示功能并使用。

实时显示功能的操作也非常简单。不论在什么拍摄模式下，只要一按机背上的实时显示按钮，就能即刻切换到实时显示功能。然后可以根据拍摄情况，选择自动对焦模式。除此之外，这个功能比光学取景器方便的地方还有很多。实时显示功能的取景框视野率为 100%，因此可以做到所见即所拍。

自动对焦·面部优先实时模式

用实时显示功能检测人物面部并进行对焦。比起快速模式，面部优先实时模式的合焦时间长。不过，这一模式不受9个自动对焦点的束缚，在任何取景情况下都可将面部置于自动对焦框中，特别适合于人像拍摄。

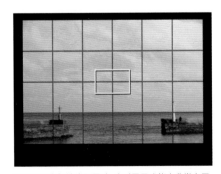

利用"放大显示"得到超精细焦点

EOS 550D可以将画面中的局部扩大5倍、10倍，并合焦在超精细焦点上，因此对焦非常准确。使用这种方法就可以将光圈开到最大，这样，虽然景深极浅，拍摄也可以轻松完成。

利用"显示网格线"，精确取景

在使用三脚架精确取景时，实时显示功能也非常实用。摄影师在拍摄静止的被摄体时，也几乎都是使用三脚架并使用实时显示功能。此外，想要表现建筑物的水平线以及垂直线时，使用显示网格线功能更加方便（网格

显示方式有两种可供选择）。实时显示功能已经变成了不可或缺的重要功能。使用EOS 550D时，请积极地尝试使用这一功能吧。

切换实时显示功能的方法

按下机背上的实时显示拍摄按钮，即刻切换到实时显示画面。使用实时显示功能时，可从菜单画面中选择自动对焦模式。

04 自动对焦 [自动选择对焦点，初学者也没问题]

自动对焦框红光（重合）部分表示合焦部分。拍摄日常风景照片以及纪念照片时，相机会自动进行准确合焦。

自动选择

按下自动对焦点选择键，液晶监视器上会显示选择画面。可通过主拨盘选择任意对焦点，让取景器里的对焦点变红即可。若全部对焦点都变红，则变为"自动选择"模式。

自动对焦点选择

自动选择

顾名思义，"自动选择"模式指的是相机自动判断画面中需要对焦的部分。虽然按照合焦原则，相机应对焦在被摄体离相机最近的部分，但是佳能相机具有众多非常智能的功能。

在中央对焦区域没有可合焦被摄体。在这样的对焦难题面前，EOS 550D 毫不犹豫地合焦在了树枝上。

确定了合焦部分后，尝试使用选择键自由选择自动对焦点吧。人像拍摄时基本上对焦在人物的瞳孔处。因此，上图选择了人物瞳孔位置的自动对焦点。

作品的创意来自于
个性化选择

　　EOS 550D 的自动对焦点为 9 个。这 9 个对焦点被绝妙地配置在了画面内。摄影初学者选择"自动选择"模式即可。根据被摄体的变化，EOS 550D 会从 9 个对焦点中选取最合适的一个点或多个点进行对焦。这一自动选择功能非常智能化，基本上都会合焦在拍摄者想要合焦的点上。

　　取景时，若摄影师已经决定了想要合焦的部位，可以使用"手动选择"功能。该功能的设定非常简单。按下机背上的自动对焦点选择键后，使用主拨盘或十字键进行选择即可。想要对焦的部分与自动对焦部分不一致时，选择最近的自动对焦点。在这一对焦点合焦之后，再移动取景框完成拍摄。半按快门则自动对焦锁定，在锁定之后变化取景即可。

　　自动对焦点和 63 区全开光圈测光是相关联的。手动（自动）选择的自动对焦点位置在主被摄体上，相机会以主被摄体为基准测光。

手动选择

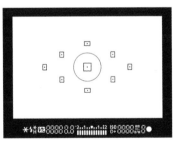

9 点自动对焦点在画面中的位置如上图所示。

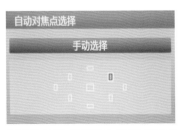

在按下自动对焦点选择键后，可使用主拨盘或十字键进行手动选择。此外，按下设置键，可以即时选择中央的自动对焦点。

Column　自动对焦点和63区全开光圈测光的关系

　　使用 EOS 550D 的评价测光模式（63 区测光）时，相机可以自动判断合焦部分为主被摄体，并用最佳的明亮度进行拍摄。

　　这里选择将对焦点对焦于昏暗的水平线位置。因此，相机自动调整明暗，重点表现出波浪的姿态。

　　相反，这次尝试在太阳处对焦。相机自动调整明暗，曝光时强调太阳。也就是说，太阳作为主体不会变得太亮。比起对焦在水平线的照片来，在这张照片中，相机自动做出了调暗画面的决定。

05 EOS 短片拍摄 [高端的短片拍摄功能]

拍摄短片的步骤

1 要拍摄短片，首先要将模式转盘调至短片拍摄模式。调整后，图像会出现在液晶监视器上。实时显示的画面有边框，画面的长宽比为 16：9。

2 调至短片拍摄模式后打开菜单画面，可以设定短片的各项参数，还可以进行快速设定。

3 曝光模式分为"自动曝光"和"手动曝光"两种。将相机设定为"自动曝光"时，快门速度、光圈值、ISO 感光度都由相机自动设定。而将其设定为"手动曝光"时，这些设定都可以手动完成。值得注意的是，一次设定完成后到下一次设定之前，数据都将保持不变。

4 半按快门对焦，按下机背上的短片拍摄按钮，则短片拍摄开始。再次按下该按钮，则拍摄停止。

5 连续拍摄时间最长可达 29 分钟 59 秒，或者当文件大小到 4GB 时停止。拍摄一旦到达这两个极限值，短片拍摄会自动停止。根据被摄体和相机的不同，短片文件的容量也会大不一样。大致上来说，当短片记录尺寸为 1920×1080 时，4GB 容量大概相当于 12 分钟的短片。

6 在拍摄短片时完全按下快门，则静态图像会被存为另一个文件。相当于在短片拍摄途中插入一张静态图像，之后短片拍摄还将继续。其他许多数码单反相机没有在短片拍摄中途拍摄静态图像的功能，或即使有拍摄静态图像的功能，也会在拍摄静态图像后自动停止短片拍摄。这个功能令拍摄者可以同时拍摄短片和静态图像。

可以拿到电影院放映的超高画质

　　EOS 500D 也有短片拍摄功能，不过，和 EOS 7D 等高端相机比起来还是有点美中不足，有被比下去的感觉。

　　但是，EOS 550D 是不同的。最近的佳能相机都打上了"EOS 短片拍摄"的标签，可以拍摄 EOS 数码标准短片。在拍摄方法上，EOS 550D 和 EOS 7D、EOS-1D Mark IV 等高端相机是相同的。

　　短片的画质相当好，甚至放到电影院的大屏幕上放映也不成问题，画质可以和很多高端相机相媲美。这样的高性能竟然出现在了入门级数码单反相机上，真不可思议！

　　静态图像出现在短片拍摄中，这是高感光度性能在短片拍摄中的灵活运用。当拍摄吹灭生日蜡烛等家庭场景时，EOS 550D 比小型录像机拍出来的图像更鲜明。

　　不过，EOS 550D 与小型家庭摄像机比起来最不同的一点是 EOS 550D 做不到持续追随被摄体合焦拍摄。虽然可以在拍摄前或拍摄过程中自动对焦，但是再次对焦后，焦点位置将固定不变。

　　因此，在拍摄运动会时，如果摄影师想要用长焦镜头从正面拍摄持续跑步的运动员，EOS 550D 的短片拍摄功能就稍显不足。不过，除了这种极端情况之外，其他日常的短片拍摄都不成问题。带着孩子外出想要减轻行李负担时，同时带上小型家庭摄像机和数码单反相机比较困难，这时只需携带 EOS 550D 一台相机就可以同时拍摄高品质的静态图像和动态短片。

■EF-S 15-85mm F3.5-5.6 IS　全高清 30p　自动曝光　照片风格：标准　WB：自动

可进行简单编辑

在 EOS 550D 上可以浏览短片，并可进行简单的编辑。此外，播放时可以选择单文件播放，也可以放慢至五分之一的速度进行播放。

在自家电视上欣赏

用套装附件中的电视连接线连接 EOS 550D 和电视，在电视上就可以欣赏 EOS 550D 拍摄出来的短片。

Column　短片裁切

目前 EOS 系列数码相机中，只有 EOS 550D 具有短片裁切功能。短片裁切功能指的是将短片拍摄时的局部影像截取出来，并以 640×480（60p 或 50p）进行记录的功能。使用套机镜头中的标准镜头，裁切后相当于得到接近 600mm 焦距的超长焦拍摄效果。不过成为超长焦镜头后，摄影师也需要注意防抖。

从菜单画面中选择短片裁切功能。

普通的全高清拍摄

记录尺寸：1920×1080
EF-S 18-55mm F3.5-5.6 IS（55mm 端）
等效焦距为 90mm

裁切功能

记录尺寸：640×480
拍摄短片后，使用裁切功能。即使拍摄时使用的是 55mm 焦距，裁切后可得到相当于600mm 焦距的超长焦效果。

06 自动亮度优化 ［自动拍出令人称赞的好照片］

调高对比度

蓝天中漂浮的朵朵白云是对比度很低的被摄体。直接拍摄，则会拍出比较"无聊"的照片。因此，可以使用自动亮度优化功能（ALO），将对比度适当调高，以此来体现图像的立体感。但要注意不要让这种效果过度，要让图像保持很自然的感觉。

ALO: 强

ALO: 弱

ALO: 标准

ALO: 禁用

让面部变得更亮、更美

自动亮度优化功能即使在因闪光灯光量不足而导致曝光不足的情况下也可以发挥良好的作用。尤其是相机自动识别被摄人物的面部后，会自动做出相应的优化处理，尽可能地将面部拍得更加漂亮。让人物用手将面部遮起来，这样即使将自动亮度优化功能设定为"强"，也完全没起作用。与将面部拍得明亮清晰的照片比起来，这张相片的不同之处非常明显。这是因为自动亮度优化功能具备严谨的面部识别功能。

ALO: 强

ALO: 禁用

ALO: 强（遮住面部）

对曝光不足的修正

在很强的逆光状态下，被摄人物会出现曝光不足，这时自动亮度优化功能的作用就能明显体现出来。若在拍摄时使用曝光补偿功能，人物会得到适度曝光，但是背景会反白一片。自动亮度优化功能指的是"提亮阴影部分，保留高光部分"，仅仅通过控制曝光实现不了的效果，自动亮度优化功能可以帮助您实现。

ALO：强

ALO：弱

ALO：标准

ALO：禁用

对选择菜单画面中的"自动亮度优化"功能进行设定。从左至右有四种选择，分别为"禁用"、"弱"、"标准"、"强"。另外，在快速设定（左侧第三幅图）中也可以设定自动亮度优化功能。

自动修正明暗和对比度

自动亮度优化（以下简称 ALO）指的是对图像做必要的亮度调整（明暗、对比），使照片变成众人称赞的好照片的功能。在 EOS 550D 相机中，关于 ALO 有四种选择，分别为"标准"、"弱"、"强"和"禁用"。

当相机拍摄完照片后，ALO 能自动对照片进行处理。也就是说，预先设置好 ALO 功能后，它会在拍摄完成的瞬间对照片做自动亮度优化处理，液晶监视器上会显示出处理完成后的图像。

这种功能主要是将图像的低对比度变成适度对比度，并在曝光不足的情况下做适度曝光处理。此外，该功能还包括面部识别功能，可将人的面部处理得更加美丽。

ALO 功能拥有非常高的专业处理技巧。如上图所示的图片处理效果，即使是一向以专业摄影师自居的我（野下义光）也处理不出这样的好效果，只能自叹不如。

此外，即使是设定了 ALO 功能，该功能也不会每次拍摄时都启用。只有在需要进行处理时，该功能才会启用。因此，在

设定了 ALO 的情况下，相机既有对图像进行了自动亮度优化处理的情况，也有对图像不进行任何处理的情况。这是相机根据被摄体的情况和拍摄状况的需要作出的不同判断。

此外，单单欣赏图像是无法判断 ALO 功能是否启用的。若非要搞清楚该功能是否启用，可以在相同条件下拍摄两张照片，分别设定为 ALO 功能"禁用"和 ALO 功能"强"。在用 RAW 格式拍摄，并使用套装软件 DPP 处理时，摄影师可以对照片进行 ALO 的设定。

07 照片风格 [佳能想您所想，分主题拍出理想的图像效果]

标准
利用标准照片风格能拍出效果极佳的照片。在饱和度、对比度适度的情况下，无论是在电脑上欣赏或是打印出来的效果都非常好，无需做后期处理，几乎适合任意情况下的拍摄。在不知道哪种照片风格合适的情况下，选择"标准"一般没错。

人像
如其名所示，"人像"是适合用来拍摄人像的照片风格。它可以拍出人物健康的肤色，以及柔和的效果。不过，虽然是"人像"，但这种风格并非只适合用来拍摄人像照片。在拍摄风光、自然景物时也可以使用。

风光
颜色非常鲜艳，又具有适度的对比度，非常适合拍摄风光照片。但是，由于这种风格下的饱和度非常高，因此在拍摄乌云等场景时可能会出现饱和度不适度的情况。另外，也推荐摄影师在拍摄人像时使用。

中性
着重表现色阶。用这种风格直接拍摄会出现没有亮点的"无聊"效果，因此使用这种照片风格拍摄的照片非常适合作为后期处理的素材使用。

可靠设置
这种风格是对被摄体色彩的忠实再现，适合网络拍卖或网店的商品拍摄。它在将鲜艳的物体生动再现的同时，也会将其朴实的一面真实还原。因此，要想照片有特点，我个人不推荐使用这种照片风格。

单色
如其名所示，照片效果为单色。不过，这种风格下的照片不仅仅是没有了色彩的单色照片，单色风格照片通过将特有的色阶及反差等作为照片表达的一种形式，反映了摄影师所追求的照片效果。

照片风格		🅞,🅞,🅰,🅞
标准		3, 0, 0, 0
人像		2, 0, 0, 0
风光		4, 0, 0, 0
中性		0, 0, 0, 0
可靠设置		0, 0, 0, 0
单色		3, 0, N, N
DISP 详细设置		SET OK

按下机背上的下十字键,可以进入照片风格的选择画面。

详细设置	🄯🄽 中性
🅞锐度	▯┼┼┼┼┼┼7
🅞反差	┼┼┼□┼0┼┼┼
🅰饱和度	┼┼┼□┼0┼┼┼
🅞色调	┼┼┼□┼0┼┼┼
默认设置	MENU ↩

在各照片风格中,摄影师都可以对锐度、反差、饱和度和色调进行微调。

Column 照片风格可以下载

您可以从佳能的网站上下载照片风格。现在,具有明显针对性的照片风格非常多,但是却都不是万能的,很有可能套用不好就会将照片拍砸。目前可下载的照片风格有:"怀旧"、"清晰"、"黎明和黄昏"、"翠绿色"、"秋天色调"、"影楼人像"和"快拍人像"等。

标准
这是在黄昏时分,用"标准"风格拍摄出来的效果。和肉眼看到的效果相近。

黎明和黄昏
利用"黎明和黄昏"风格大胆地将天空染成紫色,营造出幻境一般的效果。观者可以从普通的日常风光中感受到令人惊艳的美。

http://www.canon.com.
cn/front/product/PStyle/
index.html

上图为使用"中性"风格设定拍摄的照片。肌肤的质感表现稍显不足。

学会设定自己喜欢的照片风格

详细设置	🄯🄽 中性
🅞锐度	▯┼┼┼┼┼┼7
🅞反差	┼┼┼□┼0┼┼┼
🅰饱和度	┼┼┼▮┼0┼┼┼
🅞色调	┼┼┼▮┼0┼┼┼
默认设置	MENU ↩

因此,将饱和度调高1级,再将色调降低1级,以表现出肌肤的红润,提高人物肌肤的健康度。

用RAW格式拍摄可在图像处理时调整照片风格

"照片风格"指的是决定图像的色调、饱和度、反差等图像基础参数的功能。即使是面对同样的被摄体,只要摄影师变换照片风格的设定,就可以拍摄出风格迥异的照片。

使用一台相机就能享受到不同的拍摄乐趣。在胶片时代,变换照片风格就相当于使用了不同的胶卷。

EOS 550D中预设的照片风格有"标准"、"人像"、"中性"、"风光"、"可靠设置"以及"单色"6种。此外,在佳能的官方网站上还可以下载"秋天色调"、"黎明和黄昏"等针对特定被摄体的照片风格。下载后可装载在EOS 550D上,也可以使用套机附带的DPP软件在处理图像时使用。

此外,使用EOS 550D附带的Picture Style Editor软件,可以制作出自定义照片风格。不过,这款软件对于初学者来说在操作上可能有点难度。

在"简单拍摄模式区"中,照片风格已被相机自动设定好。而在"创意拍摄模式区"中,摄影师则可以根据自己的喜好自定义设定。

此外,还可以先拍摄RAW格式图像,再使用DPP自由转换照片风格。此时可以做任何变化并不限次地尝试获得自己想要的效果。

08 自动白平衡 [AWB（自动白平衡）真好用]

AWB 自动白平衡

这是相机自动设置的白平衡设定。不知道哪种设定适合时，选择自动一般没错。

☀ 日光

最适合拍摄晴天日光下场景的白平衡设定，也适合于表现各种光线交错的情况。

🏠 阴影

适合晴天、有阴影时的白平衡设定。由于该设定假定的情况是晴天阴影处的场景，因此画面整体的颜色会显得较暗。

☁ 阴天

最适合白天阴天时的白平衡设定。比起"阴影"设定，它的暗度减弱。所以这一风格也适合于将人的肌肤拍得温润。

💡 钨丝灯

对应于钨丝灯光源的特殊白平衡设定。为了消除钨丝灯的红色，画面会呈现出蓝色调。过去，这种风格非常适合于钨丝灯下的拍摄，但是在现在的暖色荧光灯或 LED 灯下，可能也不是完全适合。

🔆 白色荧光灯

针对白色荧光灯的白平衡设定。不过，白色荧光灯本身也种类繁多，因此这种白平衡设定不一定适合所有的白色荧光灯场景。另外，在荧光灯的场景下，使用自动白平衡效果也不会错。

⚡ 闪光灯

比"日光"设定更强调"青色"，适合于闪光灯下的白平衡设定。但我在使用闪光灯时比较倾向于用"日光"白平衡设定。闪光灯白平衡设定和自动白平衡比起来，更加针对使用外接闪光灯的情况，可以反映出闪光灯光量变化引起的微妙色温变化。

破坏色彩平衡
也是一种表现手法

对于数码相机来说，白平衡（以下简称 WB）非常重要。简单来说，WB 就是在日光、电灯等光源下，让照片颜色接近人眼所见颜色的一种功能。

人眼在不同光源条件下，具有判断自然颜色的能力。但是对于数码相机来说，在设定了 WB 的情况下，只能拍出这种白平衡设定下的被摄体颜色。为了使得照片接近人眼所见标准，按照光源设定合适的 WB 非常重要。

但是，这也不需要经过特别复杂的考虑。相机中具有自动白平衡（以下简称 AWB）设定功能。将相机设定为 AWB 后，不论处于什么光源条件下，EOS 550D 都会自动调试到最佳白平衡状态。全部交给相机拍摄，也没有什么问题。

WB 具有决定照片整体色调的作用，并非一定要将相机设定为相应光源状态下的 WB。相反，可以选择其他的 WB 设定，故意让照片色调与肉眼所见不同，这也是照片的一种表现手法。

颜色极蓝的照片或是偏橘红色的照片，都是摄影师变化白平衡的结果。

白平衡设定

可以用十字键选择，也可以用快速设定。EOS 550D 可以使用的白平衡有 8 种。想要交给相机设定，则使用自动白平衡。

在"简单拍摄区"中，白平衡被设为"自动"，不能选择其他白平衡设定。

在"创意拍摄区"中，可以选择任意白平衡设定。

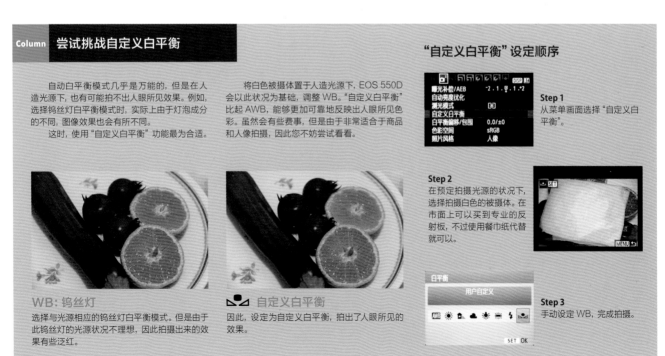

Column 尝试挑战自定义白平衡

自动白平衡模式几乎是万能的，但是在人造光源下，也有可能拍不出人眼所见效果。例如，选择钨丝灯白平衡模式时，实际上由于灯泡成分的不同，图像效果也会有所不同。

这时，使用"自定义白平衡"功能最为合适。

将白色被摄体置于人造光源下，EOS 550D 会以此状况为基础，调整 WB。"自定义白平衡"比起 AWB，能够更加可靠地反映出人眼所见色彩。虽然会有些费事，但是由于非常适合于商品和人像拍摄，因此您不妨尝试看看。

WB：钨丝灯

选择与光源相应的钨丝灯白平衡模式。但是由于此钨丝灯的光源状况不理想，因此拍摄出来的效果有些泛红。

◁▷ 自定义白平衡

因此，设定为自定义白平衡，拍出了人眼所见的效果。

"自定义白平衡"设定顺序

Step 1
从菜单画面选择"自定义白平衡"。

Step 2
在预定拍摄光源的状况下，选择拍摄白色的被摄体。在市面上可以买到专业的反射板，不过使用餐巾纸代替就可以。

Step 3
手动设定 WB，完成拍摄。

09 | 3.7 张 / 秒高速连拍 [高画质相机还能满足高速连拍的需要]

上边一组图连拍了海豚的腾跃动作，甚至拍到了海豚绝妙的触球瞬间。这不要求特殊的拍摄技巧。在购买了 EOS 550D 后，任何人都能拍出这样的照片。

■ EF-S 18-200mm F3.5-5.6 IS 快门速度优先自动曝光（1/500 秒） WB：自动 ISO100 JPEG

1 秒钟可以拍摄 3 张照片以上，几乎适合任何场景拍摄

　　EOS 550D 比起上一代产品 EOS 500D 来，最高连拍速度已经从 3.4 张 / 秒提高到了 3.7 张 / 秒。仅仅是微小的差别，因此在使用中可能很难察觉。但是，由于是在增加了有效像素基础上提高了拍摄速度，因此可以称得上是伟大的进化。

　　当然，在高端相机中，EOS 7D 的连拍速度可以达到 8 张 / 秒，EOS-1D Mark IV 可以达到 10 张 / 秒。我由于工作的需要，一直受惠于高端相机带来的便利，但是在日常拍摄中，EOS 550D 的连拍性能已经足够好了。

　　连拍再快，如果途中遇到很多缓冲的话，也无法进行快速拍摄。在这一点上，EOS 550D 作为入门级数码单反相机，却拥有容量足够大的缓冲器，可以连拍约 34 张 JPEG 超精细画质照片。

　　不过，这个连续拍摄张数会根据被摄体、ISO 感光度的不同而变化。若实在需要连拍几十张，可以将记录尺寸调小，或将压缩率调高就没问题了。由于 EOS 550D 本来就是高画质相机，因此即使不使用最高画质记录图像，也可以确保画质较佳。

在驱动模式中选择连拍，即可实现连续拍摄。在简单拍摄区模式中，由于拍摄模式不同，有可能出现无法选择连拍的情况。

用高感光度拍摄时，将降噪功能设定为"强"，则无论记录画质如何，连拍张数都只能是 2 张。因此，想要连续拍摄时，就不要将降噪功能设定为"强"。

10 镜头周边光量校正 [校正图像四周的光量不足]

镜头周边光量校正"关闭"
由于镜头周边的光量会较低，因此照片四周会变得较暗。不过，即使是将该功能设定为"关闭"，用 RAW 格式拍摄后再用 DPP 处理时也可以校正镜头周边光量。

镜头周边光量校正"启动"
巧妙的修正使得画面四周变得明亮。由于暗部变得明亮，因此画质稍有降低。因此，高感光度图像比低感光度图像的校正幅度要小一些。

长时间"启动"，没问题

镜头或多或少都存在色收差（人眼所见与照片的差异）。色收差的表现之一是画面周边部分的图像比中央部分的图像暗，镜头周边光量较少。

镜头周边光量降低的量是根据镜头的种类、拍摄距离及光圈值的变化而变化。使用变焦镜头时，镜头周边光量还会根据焦距变化而变化。这些信息都已经被预先输入进了相机中，相机会根据拍摄状况

的不同而做出切实的校正。

而老式镜头的镜头信息没有被输入进相机中，因此无法做出相应校正。此外，相机上市以后推出新型镜头也要通过逐次的相机升级才能做出相应的校正。

除了想要故意表现色收差的情况以外，平时基本都将该功能设定为"启动"状态较好。

在目前的 EF 及 EF-S 镜头中，除了一部分（TS-E 镜头）之外，其余的镜头都有相应的校正数据。EOS 550D 上市之后新出的镜头，也可以通过相机的系统升级来实现镜头周边光量校正的目的。

Column | EF镜头和EF-S镜头

EOS 550D 可以使用的佳能原厂镜头包括 EF 镜头和 EF-S 镜头两种。EF 镜头是可以对应所有尺寸感光元件的镜头，包括 EOS 550D 等 APS-C 相机在内的全部 EOS 系列数码相机和 EOS 胶片相机都可使用。

EF-S 相机是专门为 APS-C 相机的感光元件而设计的镜头。因为是 APS-C 相机的专用镜头，所以比起 EF 镜头来说要小巧轻便，并且价格低、性能好。但是，EOS 5D Mark II 等 APS-C 相机之外的 EOS 系列数码相机都无法使用。

EF镜头
对应所有尺寸的感光元件。因为不是新型镜头，所以较老的一部分 EF 镜头在数码单反相机上使用时，表现力可能会不够。（照片为 EF 24-70mm F2.8L）

EF-S镜头
为 APS-C 相机的感光元件专门设计的镜头。但是，EOS 10D、D60 等老式相机都无法使用。当然，APS-C 相机之外的机型也无法使用。（照片为 EF-S 18-55mm F3.5-5.6 IS）

11　高光色调优先　[抑制反白，呈现丰富的色彩]

高光色调优先="禁用"
高光部分完全过曝，失去了色阶。羽毛的细部质感也没表现出来。

高光色调优先="启用"
抑制了高光部分的过曝，羽毛的细部质感也得到了清晰的表现。

对于反差大的场景非常有效

简单说来，高光色调优先功能就是防止画面过曝（过于明亮导致图像无法记录）的功能。数码相机一直以来就被大众认为容易发生画面现象，虽然严格来说这里面也有对数码相机的误解，但是整体印象如此已成为了不争的事实。以 EOS 550D 为首，EOS 数码相机都具有可以表现高光部分的高性能，并且还具有突出色彩、

抑制过曝的超强功能。

使用方法也非常简单。打开高光色调优先功能，将其设定为"启用"。之后正常拍摄即可。

只是，将其设定成"启用"之后，在"简单拍摄区模式"中也会自动回到"禁用"的状态。

此外，当摄影师使用 RAW 格式拍摄

时，也可使用高光色调优先功能，在 DPP 处理时无法更改。

由于使用这一功能，反差会稍微降低，因此，如果在阴天时使用的话，可能会拍出不生动的照片。平时拍摄时推荐设定为"禁用"。

打开自定义功能中的"高光色调优先"功能，将其设定为"启用"之后正常拍摄即可。

启用该功能后，ISO 感光度不能任意调节，最低感光度为 ISO200。"禁用"高光色调优先功能时，可以将感光度设定为 ISO100，"启用"时则自动调为 ISO200。之后，即使是"禁用"后，感光度也会自动停留在 ISO200 处，这一点需要注意。

设定为"启用"后，ISO 感光度显示在画面右上方的位置，还多了一个 D+ 符号。

在按下速控"⊡"键之前的画面。快门速度可以用主拨盘调节，表示在蓝色框中。

按下速控"⊡"键之后，可用主拨盘操作的项目将用蓝色表示。上次所做的最后操作项目也会用蓝色表示。

在速控画面的状态下旋转主拨盘，蓝色表示的项目会随之变换。

在速控画面的状态下，按下"设置"键，蓝色表示的项目设定会全部显示出来。在此状态下，可用主拨盘进行变更。

想要变更其他项目设定时，可在速控画面状态下使用十字键操作。移动蓝色框并旋转主拨盘，初学者很快就能习惯，操作非常简单。

在速控画面下，照片风格可以进行自由设定。只是，色调、锐度等详细设定需要回到菜单画面中才能进行。

±5档的曝光补偿也可以通过速控画面来设置。

在简单拍摄区模式中，蓝色只表示可变更设定的项目。EOS 550D中自动设定、无法变更的项目会以浅灰色表示。

在短片拍摄模式下也可以使用速控功能。画面的左侧会出现可供设定的项目。

拍摄功能，直观设定

　　快门速度、光圈值、ISO感光度、白平衡……EOS 550D中直接与拍摄有关的设定都可以直接选择，这种功能就是"速控功能"。

　　顺序如下。首先，按下机背上的"⊡"键。可设定的项目会变成蓝色。然后用十字键可在可选项目之间移动，也可旋转主拨盘进行调整。半按快门，即解除速控功

能。不进行任何操作，速控功能也会在约10秒后自动解除。

　　在"拍摄设置显示"画面中，无法进行的速控设定有"拍摄模式"和"高光色调优化"功能等。不需要按几个按键，几乎所有的设定就都能实现，让我们尝试着经常地使用速控功能吧。

13 ±5 档曝光补偿 [63区测光, 精确无比]

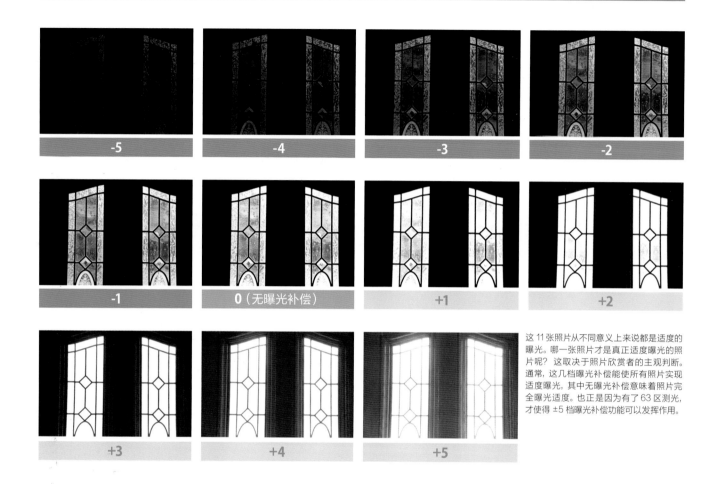

这11张照片从不同意义上来说都是适度的曝光。哪一张照片才是真正适度曝光的照片呢？ 这取决于照片欣赏者的主观判断。通常，这几档曝光补偿能使所有照片实现适度曝光，其中无曝光补偿意味着照片完全曝光适度。也正是因为有了63区测光，才使得±5档曝光补偿功能可以发挥作用。

使用曝光补偿功能拍出好作品

最开始，我们提到了适度曝光和标准曝光。

适度曝光是摄影师自己的主观判断。例如，不论是反白一片还是漆黑一片，只要是反映了摄影师的意图，不论他人如何感受，都可以称之为适度曝光。

而EOS 550D的63区测光方式提供了标准曝光。在没有特别要求的情况下，众人都认为合适的曝光方式被称之为标准曝光。

标准曝光有时也是适度曝光，但是在不同的情况下，必须使用不同的曝光补偿来实现适度曝光。

不过，EOS 550D的曝光补偿达到了±5档之多! EOS 500D的曝光补偿只有±4档。

因此，灵活运用这±5档曝光补偿可以得到非常多的画面效果。在曝光补偿方面，佳能一直支持摄影师拍出完美的照片。

曝光补偿的刻度大小可设定为1/3档或1/2档。

这是当曝光补偿为1/2档的情况下，相机显示的画面。

这是当曝光补偿为1/3档的情况下，相机显示的画面。

拨动主拨盘，曝光补偿幅度可以扩大到±7档。

最新标准的SDXC卡也适用 [大容量存储卡, 拍摄短片也安心]

上图为 EOS 550D 能兼容的 SDXC 存储卡。使用大容量的 SDXC 存储卡后, 拍摄短片和静态画面时更安心。
EOS 550D 里面装有 64GB 的 SDXC 存储卡, 可储存并显示大约 8995 张超精细画质的 JPEG 照片。对于静态图像来说, 容量显得过大, 不过这就使得拍摄并储存短片成为了可能。

对于存储卡一直有两种对立的说法: 要一张大容量的卡, 还是要多张小容量的卡? 我本人站在大容量的卡这边。只有存储卡容量够大, 才可以减少更换存储卡的频率, 大大降低了丢失照片和存储卡的危险性。

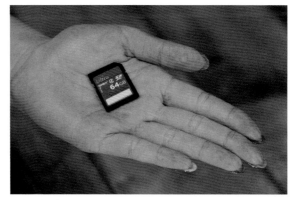

SDHC 卡的存储上限为 32GB。而 SDXC 卡从规格上来说, 存储上限可以达到 2TB(2048GB)。SDXC 卡只有邮票大小(SD,SDHC 卡也是这样的形状), 因此要谨防丢失。尽量买大容量的存储卡, 这样可减少因换卡而造成的不小心丢失的情况。

2048GB 成为可能

适合 EOS 550D 的存储卡有 SD 卡、SDHC 卡及 SDXC 卡。这些卡的外观完全相同, 伴随着芯片标准的进步, 卡的存储容量也跟着提高。SD 卡的最大容量为 2GB, SDHC 卡的最大容量为 32GB, 而最新的 SDXC 卡按照标准设计, 最大内存容量可达到 2TB (2048GB)。

一般的 SDXC 卡的容量为 64GB。若在 EOS 550D 中装载 64GB 的 SDXC 卡, 可以拍摄出大 / 优 (超精细) 照片约 9000 张。有必要拥有如此大的容量吗? 可能有人会有这样的疑问。确实, 对于静态图像来说, 即使是使用所占容量最大的 RAW+JPEG 格式, 都可以记录近 2000 张照片, 将 64GB 容量拍满真是很困难, 但是对于短片拍摄来说, 64GB 还是出乎意料的小容量。

假设拍摄全高清短片, 4GB 容量大约可记录 12 分钟 (根据被摄体不同, 时间略有增减)。64GB 则可拍大约 3 小时。而若频繁拍摄短片, 3 小时也会转瞬即逝。尤其是静态图像和短片一起拍的话, 拥有大容量的存储卡就真是很有必要了。

EOS 550D 既可以用于拍摄静态图像, 又可以拍摄短片, 与最新的 SDXC 卡可谓 "一拍即合", 也是必然的选择。

EOS 550D

进化历程

佳能 EOS 300D
2003年9月

佳能 EOS 350D
2005年3月

佳能 EOS 400D
2006年9月

佳能 EOS 1000D
2008年6月

佳能 EOS 450D
2008年3月

佳能 EOS 500D
2009年4月

佳能 EOS 550D
2010年2月

第一代　第二代　第三代　第四代　第五代　第六代

EOS 550D,
先进的入门级
单反相机

胶片时代的销量第一，化身单反相机。
名字不变，还是EOS！
在本节，我们将检验EOS 550D比上一代产
品EOS 500D到底先进在哪里？也回顾一下
历代EOS相机的进化历程。

■讲解：山田久美夫

EOS 550D

操作更加简单，性能更强

将 EOS 550D 和 09 年春天上市的 EOS 500D 作比较。这 1 年以来，EOS 系列到底有了怎样的进步呢？让我们来比较新、旧两种机型，从中发现 EOS 进化历程中的亮点。

首先，最大的亮点当属感光元件的进化。EOS 550D 和 EOS 7D 同属 APS-C 相机，最高像素高达 1800 万，采用 CMOS 感光元件。与 EOS 500D 相比，像素提高了 20%。另外，在感光度方面，EOS 550D 达到了 ISO6400。在 ISO 感光度自动的情况下以及在创意拍摄区模式下，可将 ISO 调高至 6400。也就是说，比起上一款，这款相机的像素增加了，感光度也提高了。

其次，EOS 550 的感光元件与 EOS 7D 相同，采用 63 区双层测光感光元件实现了更加精准的测光。

连拍速度也从 3.4 张 / 秒提升到了 3.7 张 / 秒。只是，连续拍摄张数比 EOS 500D 减少了一些。在 JPEG 大 / 优条件下，EOS 500D 可拍摄 170 张，而 EOS 550D 只能拍 34 张。使用 RAW 格式拍摄的照片也从 9 张减少到了 6 张。

在引人注目的实时显示（LV）功能和短片拍摄功能上，EOS 550D 获得了压倒性的胜利。首先，EOS 550D 在容易操作的部位新设置了实时显示和短片拍摄按钮。其次，在实时显示模式下的反差检测自动对焦、半按快门操作与普通的单反取

景器的可操作性有了巨大的进步。当然，对焦速度也比 EOS 500D 明显提高，拍摄时的缓冲大幅减少。深受很多喜欢使用实时显示功能拍摄的摄影师推崇。

机背液晶监视器约 104 万点（EOS 500D 长宽比为 4：3，约 92 万点），采用了画面长宽比为 3：2 的 3.0 英寸清晰显示的宽屏液晶监视器。欣赏静态图像时，图像充满画面，浏览简单方便。全高清短片是 16：9 的比例，这一点非常棒。

在短片拍摄方面，EOS 550D 更上一层楼，从之前的 20 帧 / 秒进化到了 29.97 帧 / 秒。

此外，在 1280×720 的全高清模式下可实现 60 帧 / 秒，适合记录运动场景。

EOS 500D

EOS 550D

前视图

◀乍一看，设计基本一致。只是 EOS 550D 的品牌标志使用了更加柔软的材质。

后视图

◀液晶监视器变成了 3:2 宽屏，使得图像可显示的部分更多。在机背的开关中，实时显示按钮和短片拍摄按钮在 EOS 500D 液晶监视器的右边，而在 EOS 550D 上，这个按钮则被移到了取景器的右边。在原来的位置上，设计师设置了速控按钮。

顶视图

◀除了模式转盘以外，几乎是相同的。按钮和开关等操作显示都没有任何变更。

乍一看外表相同，功能却有了巨大的提高

除此之外，短片拍摄时可用外接麦克风录音，而且画质也非常好，使得短片拍摄进化到了真正可以在电影院和电视上放映的水平。此外，EOS 550D 还具有短片编辑功能，使摄影师可以在相机内部做简单的剪辑。在短片拍摄上，EOS 550D 较之 EOS 500D 拥有巨大的飞跃。

从细节上来看，EOS 550D 新设置了速控画面专用的 键，曝光补偿也从 ±4 档变成了 ±5 档，还可支持 Eye-Fi 卡。

■EOS 500D VS EOS 550D 新旧性能比较表

	EOS 500D	EOS 550D
相机有效像素	约1510万像素	约1800万像素
影像处理器	DIGIC4	←
连拍速度	约3.4张/秒	约3.7张/秒
AF对焦点	9点	←
测光方式	35区	63区
ISO感光度（扩展时）	100~3200（6400、12800）	100~6400（12800）
取景器视野率	95%	←
放大倍率	约0.87倍	←
液晶监视器	3.0英寸TFT（约92万点、VGA）	宽屏3.0英寸TFT（约104万点）
短片拍摄功能	全高清（20帧）	全高清（30/25/24帧）
外形尺寸（W×H×Dmm）	128.8×97.5×61.9	128.8×97.5×75.3
机身重量	约480g	约475g
使用电池	LP-E5、1节	LP-E8、1节

不比EOS 7D逊色的高性能

■拍摄&讲解：野下义光

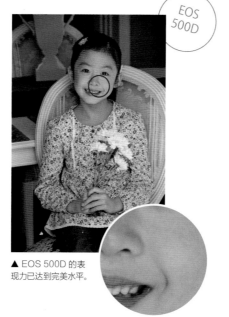

▲ EOS 500D 的表现力已达到完美水平。

▲在表现力上和EOS 500D 没有太大差别。只是 EOS 550D 具有更高像素，在图像裁剪时有优势。

人像摄影
肌肤质感的对决

　　同时尝试用ISO100进行拍摄。在对人物肌肤的光滑及柔和程度的表现能力方面，两者分不出优劣，表现得都非常好。在表现力上，EOS 500D 也达到了几乎完美的境界。

　　惟一不同的是像素。EOS 550D 具有1800万像素，比起 EOS 500D 来，它在图像剪裁时具有优势。若不做图像剪裁，仅用A3纸打印，则很难分清两者的差别。只是，对图像进行大幅剪裁后，用日本L相纸（127mm×89mm）打印则会有所差别。

共同数据
■ EF-S 15-85mm F3.5-5.6 IS　F5.6　1/80 秒　ISO100
RAW

高感光度的对决

　　EOS 500D 的最高感光度为ISO3200，虽然这种感光度已经很完美了，但是 EOS 550D 还是拥有更加明显的优势。EOS 500D 的照片整体有颗粒感，阴影部分还出现了白色噪点，而在使用 EOS 550D 所拍的照片中，这种现象几乎为零。这次，高感光度拍摄时的降噪功能被设定为"禁用"，用DPP处理图像时的降噪功能也设为"禁用"，以此方法来比较两者的性能，最后得到的结果是 EOS 550D 果然更上一层楼。

共同数据
■ 镜头相同　F11　1/50 秒　ISO3200　RAW

◀照片整体有颗粒感，阴影部分出现了白色噪点。

▶高感光度着实得到了提高。这一优点在短片拍摄中得到体现。

测光模式的对决

　　EOS 500D 是 35 区测光，而 EOS 550D 为 63 区测光，EOS 550D 配备有iFCL智能综合测光系统，性能得到了进一步提高。EOS 500D 的 35 区测光已经能够满足摄影师需要，而在实拍比较过程中发现EOS 550D 还是更胜一筹。在极端的拍摄条件下，拍摄亮度差较大的被摄体时，EOS 550D 会对焦在人像面部，使得人物面部比起 EOS 500D 拍摄出的更加明亮。果然EOS 550D 拥有更加强大的性能。

共同数据
■ 镜头相同　程序自动曝光　ISO800　RAW

▲上图曝光适度。只是，要是人物面部再亮一点就好了。
■ F6.3　1/100 秒

▲跟 EOS 500D 相比，人物面部变得更亮了一些。曝光差不大，但是照片给观者的印象大不一样。
■ F5.0　1/100 秒

■讲解：山田久美未

第一代

佳能 EOS 300D

2003年9月

让数码单反相机普及的里程碑式相机，销量第一名

佳能拥有人气入门级胶片单反相机"EOS"系列。它的数码单反相机版本于2003年9月上市，EOS 300D是第一代EOS系列数码单反相机。这款相机沿用了同年3月发售的中高端相机EOS 10D的基本零部件，只是在外部造型上有所更改，并减少了某些零部件，目的是推出小型低成本相机。当时，中高端相机EOS 10D的实际售价约1.6万人民币，而EOS 300D以近乎一半的低价格推出。在世界范围内销售出120万台，造成了极大的轰动。

第二代

佳能 EOS 350D

2005年3月

小而轻巧，巩固了EOS品牌

第一代上市约1年半后，佳能新推出了"EOS 350D"。该机型延续了第一代的性能，在轻巧这一特征上有了巨大的突破。在上市时，EOS 350D是当时世界上最轻的相机。该款相机小而轻巧，并且价格不高，受到了广大女性用户的欢迎，巩固了现在的"EOS"品牌。

它的像素达到了800万，影像处理器进化到了DIGIC□。连拍模式也达到了3张/秒的连拍速度，一次可连续拍摄14张，实现了无缓冲快速连拍。

第三代

佳能 EOS 400D

2006年9月

直逼中端机，高性能凸显

从EOS 300D至EOS 400D，单反相机的基本性能有了巨大提升。包括采用了1010万像素的CMOS感光元件及精度为F2.8的9点对焦系统。拍摄速度也达到了3张/秒，实现了27张连拍。0.2秒高速启动，液晶监视器也从1.8英寸增大到2.5英寸，真正拥有了和中端机媲美的基本性能。

此外，EOS综合防尘系统也首次出现在了EOS 400D中。新推出的"照片风格"功能也受到了使用者的热烈欢迎。

■历代EOS系列数码单反相机主要参数

	EOS 300D	EOS 350D	EOS 400D
上市时间	2003年9月	2005年3月	2006年9月
感光元件尺寸（mm）	22.7×15.1	22.2×14.8	22.2×14.8
相机有效像素	约650万像素	约800万像素	约1010万像素
影像处理器	DIGIC	DIGIC□	←
存储卡	CF（□、□）	CF（□、□）、微硬盘	←
存储图像格式	JPEG、RAW（12bit）	←	←
快门速度	1/4000-30秒、B、X（1/200秒）	←	←
连拍速度	2.5张/秒（1/250秒以上）	约3张/秒	←
AF对焦点	7点	←	9点
测光方式	35区	←	←
ISO感光度（扩展时）	100~1600	←	←
内置闪光灯GN（ISO100）	13	←	←
闪光模式	E-TTL	E-TTL□	←
取景器视野率	95%（上下左右一致）	←	约95%
放大倍率	0.8倍	←	约0.8倍
液晶监视器	1.8英寸TFT（约11.8万像素）	1.8英寸TFT（约11.5万像素）	2.5英寸TFT（约23万像素）
液晶监视器亮度调节	5级	←	7级
实时显示、短片拍摄功能	无	←	←
除尘功能	无	←	有
外观尺寸（W×H×Dmm）	142×99×72.4	126.5×94.2×64	126.5×94.2×65
机身重量	约560g	约485g	约510g
使用电池	BP-511/BP-512，1节	NB-2LH，1节	←

进化历程

第四代 佳能 EOS 450D

2008年3月

拥有高端性能，首次推出实时显示功能的EOS入门机

EOS 入门机系列一直在进化，在 EOS 400D 推出 1 年半之后，推出了新品 EOS 450D，1 年半内的进步极大。其光学部分以及机身细节的精细度已经极高，

这款 EOS 450D 在 EOS 400D 基础上更上一层楼。

EOS 450D 最大的进步在于拥有了 DIGIC III 影像处理器，并拥有了实时显示

功能。同时，液晶监视器也变成了更大的 3.0 英寸。此外，1210 万像素、14bit 的 RAW 数据可以实现 3.5 张 / 秒的连拍速度和 53 张连拍，基本性能已经非常强了。

还有同类 佳能 EOS 1000D

2008年6月

高端性能和较低的价格，用户层扩大

在日本，EOS 1000D 以 EOS Kiss F 命名，代表的是 "Family"、"Friendly"，并以低价格吸引尚未习惯使用单反的广大摄影爱好者来使用单反。EOS 1000D 并

不是 EOS 450D 的低价版，而是 EOS 入门级系列的 "试验" 版，目标是吸引更广泛的人群。此外，该机还拥有实时显示、自动亮度优化等卓越的功能。

第五代 佳能 EOS 500D

2009年4月

入门级单反相机，首次拥有1500万像素+全高清的新世界

EOS 500D 最大的特点是拥有全高清短片拍摄功能和 1510 万像素的 CMOS 感光元件。92 万像素的 3.0 英寸液晶监视器、实时显示功能以及面部识别功能，

使用更加方便。此外，DIGIC 4 影像处理器拥有降噪功能，常用感光度也扩展到了 ISO100~3200，扩展功能可将最高感光度提高至 12800。

EOS 入门级单反系列的二手市场

2003 年上市的 EOS 入门级单反相机，现在二手市场上的价格约 1300 元。由于在当时的数码相机中是热门机型，因此在二手市场上供应的数量也很大。不过，EOS 300D 已经是 8 年前的相机了，可能操作性能已稍显落后，但对于希望低价买到数码单反相机的人来说还是很合适的。

第二代 EOS 350D 的价格大致为 1400~1900 元。虽然有些老旧，但是 800 万像素的 CMOS 图像感光元件和 E-TTL II 的闪光模式还是非常先进的。不过，二手市场上供应量不是很多。

第三代 EOS 400D 的价格大概在 2200 元左右。供应量很多，容易买到。拥有 1010 万像素的 CMOS 图像感光元件及除尘功能，即使在目前使用也非常不错。

第四代 EOS 450D 的价格大概在 2700 元左右。1220 万像素的 CMOS 感光元件和实时显示功能，即使目前使用也一点不差。推荐现在才刚刚开始使用数码单反相机的人使用。

二手 EOS 500D 的价格约为 3500 元左右。由于目前还很热门，因此供应量很少。

■历代EOS系列数码单反相机的主要参数

	EOS 450D	EOS 1000D	EOS 500D
上市时间	2008年3月	2008年6月	2009年4月
感光元件尺寸（mm）	22.2×14.8	22.2×14.8	22.3×14.9
相机有效像素	约1220万像素	约1010万像素	约1510万像素
影像处理器	DIGIC□	←	DIGIC 4
存储卡	SD、SDHC	←	←
存储图像格式	JPEG、RAW（14bit）	JPEG、RAW（12bit）	JPEG、RAW（14bit）
快门速度	1/4000~30秒、B、X（1/200秒）	←	←
连拍速度	约3.5张/秒	约3张/秒（JPEG）	约3.4张/秒
AF对焦点	9点	7点	9点
测光方式	35区	←	←
ISO感光度（扩展时）	100~1600	←	100~3200（6400、12800）
内置闪光灯GN（ISO100）	13	←	←
闪光模式	E-TTL □	←	←
取景器视野率	约95%	←	←
放大倍率	约0.87倍	约0.81倍	约0.87倍
液晶监视器	3.0英寸TFT（约23万点）	2.5英寸TFT（约23万点）	3.0英寸TFT（约92万点、VGA）
液晶监视器亮度调节	7级	7级	7级
实时显示、短片拍摄功能	有·无	有·无	有·全高清（20帧）
除尘功能	有	有	有
外观尺寸（W×H×Dmm）	128.8×97.5×61.9	126.1×97.5×61.9	128.8×97.5×61.9
机身重量	约475g	约450g	约480g
使用电池	LP-E5、1节		

Chapter 2

分题材

掌握EOS 550D的使用诀窍

对初学者零难度，

且具备专业级的高性能和多功能，

这就是EOS 550D。

这里，

就向您介绍如何进一步提高拍摄技术，

轻松拍出"大师级"照片。

Family 家庭摄影	织本知之	
Portrait 女性人像摄影	野下义光	
Flower 花卉摄影	井木隆	
Snap 街道抓拍	佐佐木启太	
Table Photo 桌面摄影	园江	
Rail 铁路摄影	山崎友也	
Pet 宠物摄影	园江	

Family 家庭摄影
~织本一家人~

拍摄·文字：织本知之

总之，按下快门！
EOS 550D都会为您做到！

我的父母、妻子和三个儿子，这就是我的一家人。
■ EF-S 18-135mm F3.5-5.6 IS　程序自动曝光　WB：自动ISO　自动（ISO160）　JPEG

家庭摄影之王——EOS 550D

比什么都重要的宝贝是什么？

惟一舍不得丢弃的是什么？

看得最多的照片是哪种类型的照片？

全部这些问题的答案都只有一个——是的，那就是家庭照片。

当我一个人在外生活时，目不转睛看着的是家庭照片。而能缓解工作疲劳的也是工作台上放着的熟睡中儿子的照片。当我深夜开车飞驰在高速公路上时，是妻子的笑脸让我放慢车速。我的汽车中随处可见家人的照片，是这些照片让我感受到家人般的温暖。

而拍摄如此重要的家庭照片，交给EOS 550D最为合适。

强大的1800万像素能使我在拍摄家庭合影时，将位置最靠边的孩子的脸也拍得非常清楚。在较暗的室内，常用的最高感光度为ISO 6400，扩展后还能达到ISO 12800。在迟暮黎明等条件下，也能进行高品质拍摄。轻巧的机身非常适合带小孩出门的人。既让初学者可以安心使用，又可让高端专业人士一试身手。可以说，EOS 550D是最强大的家庭相机之一。

那么，让我们来拍摄家庭照片吧！留住欢乐时光！

■EF-S 18-135mm F3.5-5.6 IS 运动模式 JPEG

抓拍趣味一刻，交给 EOS 550D

利用运动模式连拍

拍好儿童的秘诀，就是常将 EOS 550D 握在手中，并时刻准备好等待机会进行拍摄。有趣的是我家的双胞胎儿子在学校被要求画父亲的肖像画时，他们会先画出相机，然后是相机后面爸爸的半张脸，老师对这样的画啼笑皆非，而且这样的画同时会出现两张（因为我家是双胞胎儿子）。对不起，实际上是 3 张，因为我家还有大儿子（笑）！这个笑话只是说明，我时刻都是端着相机准备拍照，可见随时做好准备的重要性。

此外，感觉到场景很好时能迅速作出反应，才可以拍摄出好的家庭照片。而利用 EOS 550D 的运动模式 + 连拍功能，就有助于摄影师留住美好瞬间。比起胶片相机来，数码相机可是即拍即得。

模式转盘，简单实用

这个级别的入门级单反相机都带有图案标识的简单模式转盘。只要根据被摄体选择对应的图案标识就没问题，这是非常方便的功能之一。它为不大擅长调整各项参数的初学者免除了后顾之忧。

全自动
这是一种万能拍摄模式。闪光灯也可以自动触发。即使给学龄前儿童、小学低年级儿童，他们也能拍摄。

闪光灯关闭
在寺庙、美术馆等标有"禁止闪光"的场所使用的"礼貌模式"。

人像
使背景虚化，再现人物健康肌肤颜色，目的是更好地突出人物。

风景
想拍风景时，可将绿色、蓝色等色彩拍得更好看的模式。色彩鲜艳，会让人心情大好。

夜景人像
用于拍摄夜景，低速快门可将背景拍摄得很漂亮。推荐配合三脚架使用。

运动
用于拍摄一直在运动的人物或急速奔跑的动物，拍摄这些被摄体时可发挥作用的模式。这时，不使用这种模式是您的损失。

微距
用于拍摄旅行地的昆虫、花朵时使用。不过，要最大限度活用此模式，最好装上微距镜头。

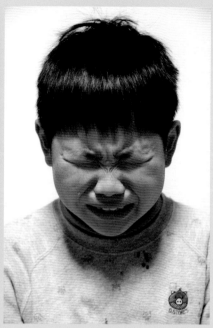

共同数据 ■EF-S 18-135mm F3.5-5.6 IS　程序自动曝光　WB:自动
ISO400　JPEG

俏皮抓拍，
交给 EOS 550D

实时显示功能真方便

  EOS 550D 的液晶监视器为 3.0 英寸，对
颜色的再现能力也非常棒。

  用实时显示功能再使用自动对焦模式，拍着
拍着才发现，我已经习惯使用实时显示功能啦。
为什么我现在已经开始不太习惯从取景器观察
被摄体了呢？

  用实时显示功能拍摄的最大优点之一是拍
摄角度的自由性，另一点是摄影师可在与被摄体
交流的过程中完成自然的拍摄。在拍照过程中，
孩子们经常会听到我这个握着相机，留着小胡子
的爸爸说的逗趣的话："来，笑一个。怎么啦？笑
笑。"这种功能让我可以在交流过程中轻松完成

拍摄，且使我更加清楚地观看画面。为什么数码
单反相机如此流行呢？可能是因为它的实时显示
功能已经进化得非常成熟了吧。

高感光度拍摄，交给 EOS 550D

利用 ISO6400 轻松拍摄昏暗场景

和上一代数码产品相比，现在的数码单反相机有了划时代的进步，实现了极高感光度，降噪水平也大大提高了。并不是刻意要和其他品牌相比，佳能相机的确是非常棒！

这张照片就是尝试使用 EOS 550D 的最高感光度 ISO6400 拍摄出来的。

虽然画面中都没有出现蛋糕，但是却让我们看到了一幅美妙的画面。几个屏住呼吸，不想让蜡烛熄灭的可爱孩子。不过，先不提这一点，单单借助两支蜡烛的微弱光量就能拍出如此的效果，着实让人吃惊。

使用的镜头并不是价格昂贵的大光圈镜头，而是套机镜头！这时的快门速度为 1/60 秒。尝试手握相机，在只有两支蜡烛的室内进行拍摄吧。

织本知之

杰出的高画质降噪功能及高感光度特性联合极强的操作性能加上防抖功能，成就了 EOS 550D。这是目前拍摄孩童照片最强的数码单反相机之一。可将纪念照片拍得很好的同时又适合用于抓拍。使用 EOS 550D 时，摄影师可以和孩子边玩要边拍摄。大家都能够拍出好照片，让家庭相册更充实。

织本一家谈 EOS 550D

我的父亲=摄影爱好者

当胶片相机升级到数码相机后，我开始使用 EOS 系列，这次的 EOS 550D 非常棒。对于我这样年纪的人来说，使用以往相机的液晶监视器浏览图像都有点看不清，而 EOS 550D 的液晶监视器却让我看得非常清楚。于是我赶紧将这个至宝介绍给一些爱拍照的朋友。

我的母亲=日本富津市民

啊，数码单反相机啊，应该是非常棒的相机吧。按一下就能拍摄吗？以前都没有用过这种相机拍摄呢，今后可能会用得越来越多。

我的妻子=专业摄影师

平时我喜欢用的是 EOS 7D，EOS 550D 与其比起来画质没有逊色之处。机身非常轻巧，非常适合抓拍。希望丈夫买下这个相机，作为我的第二部相机哦。

孩子代表=长子（10岁）

啊，嗯……我认为 EOS 550D 是非常好的相机。

女性人像摄影
～使用最少的摄影器材，就能拍出如此效果！～

拍摄·文字: 野下义光

将女性拍得很漂亮的 **4个** Point!

让拍摄节奏与合焦时机一致

将焦点置于人物瞳孔上，这对于拍摄人像照片来说是基础中的基础。除了拍摄背影照片这种看不到人物面部的照片以外，对于拍摄其他人像照片来说，拍摄规则就是：眼睛比嘴更会说话。因此，摄影师需要将焦点置于人物瞳孔上，因为瞳孔是表情的魅力中心。

首先，可以尝试用取景器仔细选择想要拍摄的图像。这时，可以选择离瞳孔更近的对焦点。然后，让焦点与人物瞳孔重合，再选择想要拍摄的画面进行拍摄，就会得到合焦在瞳孔上的人像照片。

EOS 550D 的 9 个对焦点绝妙地分布在取景器内，可以以这 9 点为基准选择所要拍摄的画面。

至于焦点要置于左右哪个瞳孔上，摄影师可以自己选择。如果人物的脸不是完全正对相机，可将焦点对在离相机最近的人物瞳孔上，这是对焦的基础。

这里值得注意的一点是应在合焦的瞬间迅速按下快门。在人像拍摄中，人物看似静止，其实还是会有微小的动作。此外，在握持相机拍摄时，摄影师本身也会有微小的动作，很容易对焦模糊。因此，要保证拍摄节奏与合焦时机相一致，即在听见"哔哔"的合焦音的同时就要马上按下快门。

■EF 24-70mm F2.8L 光圈 F2.8 1/200 秒 WB:中性 ISO200 RAW

剪裁可以说是为了近拍而存在。要仔细地将所拍画面与对焦框相吻合。

Point 1 将焦点置于人物瞳孔上

灵活运用 Tv、Av 模式
适用自动 ISO

曝光，交给 EOS 550D

对于人像摄影来说，摄影师需将精神集中在模特身上，找到想要按下快门的瞬间，并且这一瞬间也是模特最美的瞬间。在这一个时刻，摄影师和模特间的默契显得尤为重要。

因此，当摄影师将注意力集中在模特身上并全神贯注地对焦时，曝光自然就要交给 EOS 550D 了。EOS 550D 的 63 区测光当然不成问题。

快门速度最好在 1/125 秒以上。因为即使是配备了有防抖功能的镜头，摄影师对被摄体的轻微抖动也无能为力。以我多年的经验来看，在人像照片拍摄中，要使模特的动作不影响拍摄，快门速度达到 1/125 秒以上就可以。在光量比较小的情况下，可在 Tv（快门速度优先自动曝光）模式下将快门速度设定为 1/125 秒，进一步使用自动 ISO，以防止被摄体抖动，并适当曝光。

相对的，在晴天屋外等光量充足的情况下，我推荐使用 Av（光圈优先自动曝光）模式。尝试活用大光圈以使背景虚化吧。只要天气不是非常阴暗，缩小光圈就可以获得很快的快门速度。在此，将 ISO 设定为自动会非常方便。

此时，ISO 感光度为 2000。在近乎绝望的黑暗条件下拍出毫无破绽的画质，如此强悍的效果通过 EOS 550D 才能做到。

■EF 24-70mm F2.8L　快门速度优先自动曝光（1/125 秒）
WB：中性　ISO 自动　RAW

■EF 24-70mm F2.8L 光圈F2.8 1/200秒 WB：中性
ISO500 RAW

Point
3

积极活用
实时显示功能

站在梯子上往下俯拍。基本上
模特保持了静止姿势，因此使
用实时显示功能自动对焦模式
下的快门速度即可。

拍摄这张照片时，实时显示功能的自动对焦框的位置如图
所示。

分场合使用光学取景器，
以及实时显示功能

　　拍摄人像照片时，使用实时显示功能非常合
适。如果模特的动作幅度较大，实时显示功能在
自动对焦时可能反应较慢，这个时候使用光学取
景器就非常合适了。而对这种静态姿势来说，使
用实时显示拍摄功能就足够了。

　　实时显示功能即使在面部优先模式下或者
在手动调整自动对焦点的情况下，摄影师也可以
在画面的任何一个角落自由设置自动对焦点。也
就是说，比起使用光学取景器进行9点对焦的
情况，利用实时显示功能选择对焦点的自由度会
更大。此外，在浏览光学取景器时，可能会存在
俯视和仰视有难度的问题。使用实时显示功能后
不需要做高难度动作就可以实现拍摄了。

　　本人从EOS系列具有实时显示功能以来就
开始积极活用实时显示功能完成人像摄影。虽然
早期的实时显示功能在使用中还存在少许问题，
但是EOS 550D的实时显示功能已经非常成熟，
性能也已经非常完善了。

　　虽然光学取景器不可或缺，但是分场合使用
实时显示功能和光学取景器，"因地制宜"地利
用两者的优点，可将拍摄表现力进一步增强。

尝试利用 RAW 格式拍摄，
再使用 DPP 润饰以获得最佳效果

此图是利用 JPEG 格式拍摄的图像。由于拍摄条件非常不理想，人物肌肤的色调和明暗度都不太好。若对这张照片作后期处理，画质可能会受影响。

同时拍摄的 RAW 格式图像，使用 DPP（Digital Photo Professional 软件）调整各项设定，可以获得自己想要的效果。对 RAW 图像作后期处理不会影响画质。

■ EF 24-70mm F2.8L 光圈 F2.8 1/125 秒 WB：中性 ISO200 RAW

对于人像摄影来说，第一步是拍摄 RAW 格式图像吗

　　对于人像照片来说，人物的肌肤就是拍摄的生命。我喜欢的肌肤是有血色的健康肤色，因此基本上都会拍摄 RAW 格式图像。

　　拍摄时光线的状态和模特个人的肤质等条件都不会和过去任何一次拍摄的情况相同。因此，摄影师想要一次设定好对于色调表现至关重要的白平衡，在拍摄现场几乎是做不到的。从这一点出发，拍摄 RAW 格式图像后，摄影师可以在后期对各个项目作多次调整，从而获得理想的拍摄效果。

　　此外，RAW 格式比 JPEG 格式在后期处理时的重要优势是：即使对 RAW 格式照片作大幅

度的调整，也不会影响画质。

　　拍摄 1800 万像素和 14bit 的 RAW 格式图像，对于 EOS 550D 来说都不在话下。

　　想要让人像拍摄拥有"作品"的效果，绝对推荐使用 RAW 格式拍摄。

处理图像时的主要设定
WB：日光
照片风格：中性
亮度调节：+0.3
色调：−1
颜色饱和度：+1

Flower 花卉摄影

拍摄·文字：并木隆

拍摄·文字：并木隆

Point 1

避开花朵密集处，主角只有一个

这种分散的小花朵，要从什么位置拍摄才好呢？

O

将众多开放着的花朵作为背景虚化，在周围没有其他花朵开放的地方找到一朵花，将其作为主角。这是最佳方法。

×

将镜头朝向花朵密集之处，如上图所示。镜头对焦在了众多花朵上，给人以杂乱的感觉。

如上图所示，观察取景器里的画面，确定主体后拍摄。

拍摄花朵照片时需要了解的一点是："看上去漂亮的位置"和"拍出来很漂亮的位置"是不一样的。因此，比起拍摄方法以及各种设定，选择被摄体最为重要。

花朵密集开放的场景看上去非常漂亮，但是将镜头对准这样的场景，众多的花朵都会清晰合焦，虽然这样可以拍摄到众多花朵竞相开放的场面，但是却会显得主体不明确。其实在画面中，只需要一个主体就足够。

为了获得这样的效果，摄影师需要找到这样一朵"主角花"来实现对焦，这样的花朵周围应该是没有其他花朵的（花与花之间的间隔应该很大）。虽然这样的地方花朵少，会给人以非常寂寞的感觉，但是由于前后的被摄体之间有了距离，只有一朵花在合焦范围之内，这样的主体才会变得非常明确。选择"主角花"和周围花朵稍微有点距离之处进行取景拍摄，这样既可以将花朵拍得很自然，又可以表现出众多花朵竞相开放的感觉。

俯视拍摄

平视拍摄

仰视拍摄

同一朵花，由于拍摄的角度不同，会产生不同的效果。同时，背景的变化也会使得花朵看上去有所改变。从各种角度、方向观察被摄体，善于发现才能将花朵拍摄得更加漂亮。

面向阳光拍摄时，花瓣上出现了明显的影子。

在晴天的阴影下拍摄时，花朵上没有了影子，显得非常漂亮。

有阳光照射的地方就会产生亮度差。花瓣越多，阴影就会越明显。这时将镜头对准阴影处的花朵，画面反差就会减小。

Point 2

考虑拍摄时的角度和光线状态

　　相机的拍摄角度和拍摄时的光线状态也很重要。即使是俯视、平视以及仰视同一朵花，所见景色也会不一样。

　　并不能说从哪个角度来拍是正确的，而是要考虑从哪个角度拍摄可以拍得更漂亮。拍摄花朵时一定要拍到花蕊，"一定要拍到花朵整体的颜色和形状"等的规矩是不存在的。

　　从拍摄实例来看，在俯视拍摄时，花朵的颜色和形态都能得到很好的表现，而平视时只能很好地表现花朵的颜色。而仰视拍摄可以表现出花朵生长的状态，背景中出现了天空，也使图像有了更多的变化。

　　拍摄角度可根据摄影师自己的偏好来选择，这一点也没有问题。不过并不能仅仅依靠取景器来观察花朵，而是需要用肉眼非常认真地观察，寻找到可以将花朵拍摄得非常漂亮的角度。

　　对于光线状态，摄影师也有非常多的选择。"顺光"指背向太阳拍摄，"逆光"指面向太阳拍摄，"侧光"指太阳光从被摄体侧面照射而来。若在每种光线状态下被摄体都很美的话，那么每

种光线状态都适于拍摄。

　　具体来说，在顺光和侧光状态下，花朵容易产生影子，即使阴影不比肉眼所见时强烈，也会让拍摄出来的图像显得过暗，还有点脏的感觉。

　　这是由于相机所能再现的画面，从明亮的区域到黑暗的区域都比肉眼所见的范围要狭窄。肉眼所见的漂亮画面和拍摄时的漂亮画面是不同的。在把握了这一点差别后再选择光线状况，就可以称得上是能够驾驭光线了。

　　谈到光线状况，一般来说，太阳光照射的方向看上去会更漂亮。不过，像上述照片一样，由于光产生了很强的阴影，照片显得很不清爽。因此，无论是何种光线状况，都可能会使画面看上去很脏。

　　晴天的时候，摄影师可以拍摄阴影处盛开的花朵，或者将自己的影子作为阴影来拍摄花朵，总之要让明暗反差降低，从而拍出漂亮的照片。有阴影的地方很暗，会使照片也很暗，这样如何是好呢？很多人可能会这样想。其实若拍得有点暗，可以进行曝光正补偿，就一点问题都没有了。

套机镜头拍摄案例

使用套机镜头（EF-S 18-55mm）的最近对焦距离拍摄。如果想要再近一点或是只想强调花朵的局部就需要使用微距镜头。

微距镜头拍摄案例

使用微距镜头（EF-S 60mm Macro）的最近对焦距离拍摄。除了将花朵的局部拍得很大之外，它的另一大魅力就是可以有选择性地虚化背景、突出主体。

Point 3

使用"微距模式"或"微距镜头"

相机的"微距模式"，指的是相机能够自动设定光圈值、快门速度、曝光值、白平衡以及照片风格等详细参数，使其变得更适合拍摄花朵等微小被摄体的模式。虽然初学者使用这一模式就能轻松拍出漂亮的花朵照片，但是在该模式下，无法调整曝光补偿，所以也就无法改变明暗效果了。

此外，我们想要的效果并非都如便携式数码相机的微距模式所拍摄的那样。将镜头凑近被摄体，可以将物体拍得很大、充满画面，但这远远不够。镜头不同，最近对焦距离也就不同。使用套机镜头可以拍摄直径至少为5cm的花朵，使其充满整个画面。但是若想要放大花朵的局部，就需要具有更短对焦距离的微距镜头了。

一目了然　花卉摄影　推荐设定

画质模式：大／优（超精细）

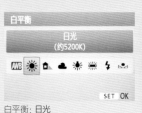

白平衡：日光

拍摄模式：光圈优先模式*

曝光补偿：根据自己的喜好增减

照片风格：标准

ISO感光度：若不确定，选择自动即可

画质模式：基本上都应选择最佳画质模式。虽然画质的选择是根据打印的尺寸决定，但大多数时候都是拍照完成后再选择打印尺寸，因此拍摄时选择最高画质即可。

照片风格：本该选择对比度强、颜色鲜艳的风光模式，但是由于红色花朵容易发生饱和度过高的情况，推荐选择标准模式。

白平衡（WB）：若选择自动，则照片在很多情况下会颜色变淡，因此应使用日光模式作为基本模式。

曝光补偿：即使是同一个被摄体，只要画面的构图方式或光线状态改变，曝光补偿就会大不一样。最开始可使用机背上的液晶监视器确认拍摄画面，若感觉太暗，则增加曝光补偿，感觉过亮则可适当减少曝光补偿。曝光效果并非一定要与人眼所见保持一致，因此可以根据自己的喜好自由调整。不要怕失败，尝试多次调整曝光补偿，是提高拍摄水平的最佳方法。

* 若不确定如何选择光圈值、快门速度，则可选择程序自动曝光模式。

无曝光补偿
可以满足一般条件下的拍摄,不过要满足左图中这种亮度差较大的被摄体还是很难的。

曝光补偿EV+2
仅仅是进行了曝光正补偿,就得到了如此明亮、柔和的效果。

Point 4

对决!
摄影师自定义设定vs
程序自动曝光模式

  EOS 550D 的微距模式会将全部的参数都设定好,使拍摄变得很简单。这一点和专业摄影师的自定义设定及拍摄效果相比,基本上差距不大。

  但是,像拍摄这种白色的花朵占据了整个画面的场景时,相机的自动设定和专业摄影师的设定就出现了很大的区别。在这种明亮的被摄体占据绝大部分画面的情况下,相机会作出"这样太明亮了"的判断,然后调整曝光值并将被摄体拍得偏暗一点(对于较暗的被摄体,相机会作出相反的反应)。

  在这种情况下,其实进行曝光正补偿便可以将被摄体拍得很明亮,但"微距模式"等程序自动曝光拍摄模式做不到这一点。

  这次专业摄影师设定的是曝光补偿 EV+2,拍出了极为明亮的效果,比所见花朵更为明亮,此设定可以更好地表现出花瓣的透明感。除此之外,其他设定都和相机的自动设定相同。虽然这样的拍摄设定会让初学者感觉很难,不过既然好不容易买了数码单反相机,还是推荐您尽量少用程序自动曝光模式,以提高自己的摄影水平。

街道抓拍

～在路上散步，用心抓拍！～

拍摄·文字: 佐佐木启太

将日常风景变成"作品"的 **5个 Point!**

Point 1

实时显示功能 是最大的帮手

推荐设定
拍摄模式: 程序自动曝光/光圈优先自动曝光
照片风格: 中性
WB: 自动
ISO感光度: AUTO
曝光补偿: EV±0

超低或超高拍摄角度也能实现

实时显示功能已经成为了数码单反相机的固定功能。在使用便携式数码相机时，看着液晶监视器拍摄是非常自然的事情，因此对于从使用便携式数码相机升级到数码单反相机的人来说，实时显示功能真的是非常重要。

实时显示功能可以允许摄影师在拍摄过程中设定曝光值、照片风格等，在拍摄前可以确定画面，这是实时显示功能的优点。实时模式下的自动对焦模式可能比取景器对焦需要更多的反应时间，但若不抢时间的话也没有任何问题。

抓拍时，EOS 550D 的拍摄自由度是非常惹人喜爱的优点。例如，EOS 550D 可以实现紧贴地面的超低角度拍摄。又如，当摄影师想以稍微高一点或稍低一点的视角拍摄时，只需要将相机稍微向上或向下就可以轻松实现。

Point 2

利用"倒影"增强照片效果

推荐设定	
拍摄模式: 程序自动曝光/光圈优先自动曝光	
照片风格: 中性	
WB: 自动	
ISO感光度: AUTO	
曝光补偿: EV-1.0~EV+1.0	

从各种角度中寻找最佳拍摄角度

对于倒映在橱窗中的景色,摄影师可能会在不经意间就忽略了。根据欣赏角度的不同,倒影也会形成完全不同的风景,因此寻找角度显得尤为重要。例如,从橱窗正面看,会看到自己浅浅的影子,而从橱窗斜侧面看,则会看到橱窗对面的风景映在玻璃上。角度越小,越能看到远处风景的影像。因此,寻找自己认为有趣的风景,并找到这样的角度非常有意思。

拍摄倒影时也会出现玻璃反光,因此使用自动对焦模式非常难合焦。这时,摄影师要向想要对焦的位置靠近,寻找容易自动对焦且具有强反差的地方,然后固定焦点。

对焦后再进行构图调整,可以用自动对焦锁,这里推荐用"拇指自动对焦"。为了拍出最佳效果,可以尝试使用不同的曝光补偿。若想要明亮的感觉,可以进行曝光正补偿,得到稍微有点曝光过度的效果。如果想要比较暗的效果,可以进行曝光负补偿,使画面出现曝光不足的感觉。这些都是实用的拍摄技巧。

拇指自动对焦

在自定义功能9的"快门键/自动曝光锁定按钮"菜单中选择"3:自动曝光/自动对焦,无自动曝光锁",就可用拇指按下"＊"键进行自动对焦,也就是使用"拇指自动对焦"功能。

在平时,半按快门就可以锁定焦点。现在,按"＊"键一次就能固定焦点位置,即在微调构图时焦点不受影响。

摄影师一旦确定好构图,就会等待着要拍摄的人物或车辆经过,然后按下快门拍下多张照片。这个设定对于找到最佳快门时机非常有用。

单色照片 效果也不错

推荐设定	
拍摄模式: 程序自动曝光	
照片风格: 单色	
WB: 自动	
ISO感光度: AUTO	
曝光补偿: EV±0	

用实时显示拍摄功能创作单色照片

单色照片的魅力在于即使画面中没有什么特殊风景，还是会给人留下深刻的印象。由于没有了各种不同的颜色，画面显得较为整洁。单色拍摄时的重点是营造光效。用从黑到白的灰阶表现单色画面，摄影师一定要将光理解得非常透彻。习惯了彩色摄影，就习惯于用颜色的变化来营造画面的趣味性，当色彩消失时，这种趣味性可能就会减少一半。

由于取景框内的画面是彩色的，所以用取景框取景并想象单色状态是非常难的。因此，用实时显示功能可以看到单色图像，这种功能是进行单色拍摄的方法之一。

对于单色照片来说，控制反差非常重要。对比度的强弱会影响光效给人的印象，因此不仅仅是要将照片风格改成单色，还要调高对比度，并可以尝试使用红色滤镜、橙色滤镜或黄色滤镜等来调整对比度。

在同一区域守候拍摄

在路上走着就可能会产生抓拍的冲动，这种情况对任何人来说都是一样的。不过我却不一样，我并不是从 A 点出发到某一个目的地，而是在同一个区域内来回地走动。

这种"散步"，比起向着一个方向不停地走更有发现，因为只有在充分了解了该地域的环境后，才更有机会找到好照片。不过，在同一区域中，时间不同，光的照射方向、人群的流动、风景等都会改变。所以一旦决定了要在此处拍摄，接下来绝对可以发现"亮点"在何处。

拍摄器材要最轻巧

EOS 550D 拥有小而轻巧的机身，这对于这种"散步"来说实在很有利。通常，不推荐带上一大堆沉重的摄影器材。确实，我不但拥有长焦镜头、超广角镜头，还有微距镜头。不过，在这个时候，我一概都不带！

在这种街头抓拍时，小野猫绝对不会回过头来看镜头，而那位撑着小红伞的姑娘也不会恰好在该出现的时候经过。这种拍摄不是广告拍摄也不是电影拍摄，一切都不会照着拍摄设想运转。能遇到很棒的风景，就已经很不错了。

Point 4 活用影子

站在逆光或半逆光位置上拍摄

影子，也是抓拍的重点之一。影子在道路上延伸，让人感觉画面很有故事性。

若要拍摄影子，摄影师必须站在逆光位置，也就是光朝着自己的正面照射而来的位置，或者站在半逆光的位置上。若站在顺光位置，也就是光从自己身后照射而来的位置，则会拍摄到自己的影子。当然，如果想要拍摄自己的影子，摄影师可选择顺光位置。拉长的影子在画面中有很强的存在感，是使画面变得生动的要点。因此，最适合拍摄的时候，是早上或者傍晚太阳位置偏低的时候。从秋天到冬天，阳光斜射的时间非常长，因此很多摄影师经常会选择在这个时节拍摄下影子的图像。

将曝光补偿设定在 EV-0.6，让画面稍微有点曝光不足，因为强调暗部会让画面中的影子更加明显。对不同的被摄体，其曝光补偿方式也不同。推荐使用让画面稍微有点曝光不足的设置。拍摄正在步行的人时，可以先预测行人的动作，等待自己想要的影子出现，再在那一瞬间按下快门。

推荐设定	
拍摄模式:	程序自动曝光
照片风格:	中性
WB:	自动
ISO感光度:	AUTO
曝光补偿:	EV-1.0~EV-0.6

Point 5 尝试不看取景器拍摄

不必拘泥于取景器

摄影师不使用取景器、液晶监视器，直接按下快门，称之为无取景器拍摄。实现这种拍摄方式的途径非常多。不过，应该在何时使用呢？首先将目的搞清楚，会让拍摄更有效。之前，我也极少看取景器，不过那是由于我使用了实时显示功能，使得使用取景器的必要性降低了。

例如，自己一边逛街，一边想要拍摄街头的动感画面时，就可以不看取景器拍摄。因为一边走动一边看取景器会让自己无法确定周围的状况，这样会比较危险。用自己最舒服的方式握持相机，不使用取景器，这样拍摄的图片可能更有趣。

拍摄左侧场景时使用的快门速度是 1/15 秒，快门速度很慢，这样就发生了非常明显的抖动。不要以为这是"失败的作品"，其实它给人的印象像是"故意制造的抖动效果"。在有一点阴影的地方，将感光度设定为 ISO100，利用光圈优先自动曝光模式，将光圈也收缩到 F16，这样就可以保证以非常慢的快门速度来实现拍摄。进一步将曝光补偿设定为 EV+0.6，这样可以制造出被摄体融入光线之中的效果。

推荐设定	
拍摄模式:	程序自动曝光/光圈优先自动曝光
照片风格:	中性
WB:	自动
ISO感光度:	ISO100
曝光补偿:	EV+0.6~EV+1.0

桌面摄影
~将家中的小物品拍得漂亮！~

拍摄·文字：园江

拍摄·文字：园江

Point

1

思考在家中的
拍摄位置

拍摄家中的小物品也不简单，摄影师应考虑一下在什么位置能拍摄出漂亮的效果。基本上最理想的位置是窗边有光照射的位置。不要利用直射光线拍摄，柔和的间接光包围被摄体的状态最佳。

有了这样的状态，接下来就是要考虑如何拍摄背景了。同样的小物品在不同的背景下，拍摄效果会完全不一样。因此首先应进行背景的选择。

厚重的感觉
放在有木头纹路的桌上，画面给人以厚重的感觉。

清爽的感觉
如果以窗户作为背景，白色窗帘会营造出清爽的感觉。

Point 2

改变光圈，
拍出自己想要的
感觉

拍摄桌面小物体的重点之一就是虚化背景，但虚化程度需把握得当。单反相机和消费级数码相机不同，一拿到单反相机后，许多初学者最喜欢的就是开大光圈，以营造虚化效果。其实，将这种虚化效果在必要的时候作必要的调整，拍摄水平会变得越来越高。

在此使用的拍摄模式是"光圈优先自动曝光模式"。使用 EOS 550D 时，握持手柄，用食指旋转主拨盘就可以改变光圈值。光圈和快门速度是相互关联的。收缩光圈太严重则会引起快门速度过慢，这一点必须注意。

光圈：F4.5

用 F4.5 的光圈进行拍摄。上图中的蕾丝显得过于模糊。

光圈：F11

稍微收缩光圈，表现出了蕾丝的质感，画面的感觉非常好。

推荐设定
画质模式：大/优（超精细）
拍摄模式：光圈优先自动曝光模式
照片风格：标准（想要照片变得鲜艳，可使用"风光"）
白平衡：可以尝试各种场景下的不同白平衡设定
曝光补偿：根据自己的喜好调整
ISO感光度：在ISO自动模式下，手持相机可将感光度调整到ISO1600，使用三脚架时可调整到约ISO400

画质模式：虽然有人只是想将照片上传到博客上而将照片拍得很小，不过想要打印照片的话还是选择最佳画质为佳。
照片风格：设置成"标准"可以将照片拍得很漂亮。若被摄体是淡色的小物体，则可将照片风格设为颜色更鲜艳的"风光"模式。
白平衡（WB）：由于基本上都是利用窗边的光线，因此首先设定成自动模式。想要表现下午室内稍微有点暖色的感觉，可以使用日光模式。在有自然光和灯光照射的室内，可以使用白炽灯模式控制画面颜色。还可以根据自己的喜好调整白平衡。
曝光补偿：可以一边拍摄一边看着机背监视器确定。用电脑确定图像时，摄影师可能经常会想，这里要稍微明亮点，这里要稍微暗一点。在相同的拍摄角度下，可以通过曝光补偿来调整画面亮度。

在庭院中放上美丽的植物进行拍摄。画面左部变暗，万"红"丛中的一点恰到好处的绿色却变成了黯淡的阴影。

让白色反光板靠近，将光线反射到画面左部，表现出了植物漂亮的绿色。

Point 3

使用反光板，强调色彩

被摄体的一个侧面产生阴影且变得很暗时，反光板可以派上大用场。摄影师也可以使用白色发泡塑料板，或者在铝板的背面贴上厚纸。比起白纸，铝板的反光性更强。

可以在桌面上摆放反光板，也可以手持反光板并使用三脚架拍摄。使用三脚架时要将镜头的防抖功能（IS）调至 OFF 状态。

由于光从画面右侧照射而来，因此要让光反射到画面左侧的阴影部分。

上图为放置在橱窗中的小饰品。玻璃上的白色反光清晰可见。

放置了黑色反光板后，橱窗里面的小饰品显得很清晰。

Point 4

使用黑色反光板，消除玻璃反光

用白色反光板可反射光线，用黑色反光板可抑制光的反射。通常，使用黑色反光板可以达到"留黑"的目的。在玻璃橱窗发生反射，导致里面的商品不清晰时，就要使用到黑色反光板。

在本案例中，摄影师就是想减少玻璃反光，使被摄体更清晰。结果，玻璃反光被消除了，橱窗内的物体清晰可见。反光板不仅仅只有白色或者银色（铝板），如果在反光板单面贴上黑纸，会变成非常有用的道具。

用黑纸贴在反光板上，抑制玻璃的反射作用。

Point 5

挑战高调 &
低调照片

高调：曝光补偿EV±0
没有进行曝光补偿直接拍摄，感觉画面稍微有点厚重。

高调：曝光补偿EV+2
跟预期的效果一样，给人以明亮清爽的感觉！

Case1 高调

　　要拍出自己想要的效果，利用曝光补偿调整画面亮度非常有必要。由于在许多模式下不能调整曝光补偿，因此推荐使用 P、Tv、Av、M 等模式拍摄。在拍摄小物体时，基本上可调节景深 Av 模式。

　　若相机拍摄出来的图像太暗了，需要调亮一点，可以进行曝光正补偿。照片以淡色调为主，被称为高调照片。可以一点一点地调整曝光补偿值并拍摄下多张照片，再选择自己认为最佳的亮度即可。

Case2 低调

　　和高调照片相对应，以深色调为主的照片被称为低调照片。特意进行曝光负补偿，可表现较暗的感觉。在下面第二个案例中，摄影师用三脚架固定相机，在进行曝光负补偿后，为了使黑色部分更黑，还使用了黑色反光板。

　　拍摄时使用三脚架和自拍功能，然后摄影师可以离开相机，甚至可以移动到被摄体一方。再控制黑色反光板的角度，以适当留黑。EOS 550D 有 10 秒自拍功能，摄影师可以使用无线遥控器操作。

从背后窗户照射来的光线反射到桌上，在斜后方设置黑色反光板。

低调：曝光补偿EV±0
没有进行曝光补偿拍摄出的丝线。

低调：曝光补偿EV−1
利用 EV-1 能够表现出一定的质感。

低调：使用黑色反光板
使用黑色反光板抑制反射。对比度较强，照片更完美。

Rail 铁路摄影
～带上EOS 550D，开始旅行吧！～

拍摄·文字: 山崎友也

轻松拍出完美铁道的 **4个** Point!

■ EF 300mm F4L IS USM EF增距镜 2×Ⅱ 光圈 F8 1/2000 秒
WB：阴影 ISO200 RAW
※训纲本线 知床斜里～止别

Point 1 列车照片

这是铁路摄影的基础

　　迎面飞驰而来的列车由一节一节的车厢组成，看上去非常美观，从斜前方的角度拍摄的照片拍出了列车的车头及侧面，这是铁路摄影的基础。因为这种照片很难拍好，摄影师需要在列车还没来时就考虑好构图，同时决定好快门速度、曝光与对焦。

　　想要拍摄的列车由几节车厢组成呢？列车是什么颜色的呢？光线状况如何呢？这些都必须事先就考虑好。

　　由于 EOS 550D 具有 1800 万像素，图像非常细致，车辆的颜色、质感都能被表现得非常好。此外，EOS 550D 使用的是 APS-C 画幅的 CMOS 影像处理器，对于需要使用长焦镜头拍摄的列车车头及侧面的照片来说，转换后的镜头焦距更长。

　　不过，由于连拍速度只有 3.7 张／秒，在拍

■EF 300mm F4L IS USM EF 增距镜 1.4× Ⅱ 光圈 F14 1/320 秒 WB：日光 ISO200 RAW ※函馆本线 茶志内～奈井江

摄新干线、高速特快列车时无法很随性地连拍，所以还是集中精力一气呵成为好。快门速度在焦距 200mm 时所需的安全快门速度设定为 1/500 秒，否则列车就会因运动产生模糊。若焦距再缩短的话，则需要更高的快门速度。幸运的是 EOS 550D 的快门速度最快能达到 1/4000 秒，因此对于拍摄高速列车来说非常合适。

连拍时，可能会如图所示错过最佳的位置，必须注意这一点。

Point 2 铁路风景

表现与大自然融为一体的列车

　　四季变化中美丽的一草一木、雄伟的群山以及一望无际的沙漠等都值得拍摄。而拍摄在这些美丽的风景中飞驰的列车，就被称为铁路风景照片。

　　对于这样的风景照片来说，构图犹如其生命一般。最容易犯的错误就是将列车置于画面最中央的位置。也就是在不知不觉之中，采用了中央式构图。在此，来介绍一下避免这种构图产生的技巧。

　　那么，举例来说，要将列车置于何处才比较好呢？

　　答案非常简单。请仔细看看 EOS 550D 的取景器。画面中央和其周边被 9 个对焦点所包围。将各点按照右侧小图那样用直线连接，会连成一个长方形。这样就变得简单了。只要将列车置于这四个顶点的周边区域就可以了。

■EF 24-105mm F4L IS USM 光圈 F7.1 1/1000 秒 WB：日光 ISO200 RAW ※训纲本线 知床斜里～止别

　　进一步说，可将从画面左边向右边运行的列车置于长方形的右上顶点或是右下顶点，而将从画面右边向左边运行的列车置于长方形的左上顶点或是左下顶点，这样可以得到平衡感非常好的构图。

连接直线形成长方形。将列车置于这个长方形的顶点位置，这样可以得到平衡感较好的构图。

■ EF 70-200mm F2.8L IS USM 光圈 F9 1/800 秒 ISO 100
WB：阴天 RAW ※训纲本线 知床斜里~止别

WB：自动

将上面作品的白平衡设定为"阴天"，是因为这样会比设定为 AWB 时拍摄出的照片更和一点，不那么冷。

Point 3 ★ 铁路印象

发挥想象，让感觉自由驰骋

简单来说，铁路印象照片的拍摄方式非常多。一般来说，平移相机跟随列车，用慢速快门拍摄出好似背景在流动的照片，被称为"跟拍"。突出火车的流线型或者列车车头，让其在画面中占据很大的位置，也是一种拍摄方式。将黎明或黄昏的天空作为背景，让列车穿过画面，也别有一种味道。

除此之外，还可以不将列车作为主角，对焦在列车之外的对象上，将列车置于对焦范围之外；或者故意曝光过度、曝光不足，拍出高调或低调的照片；又或者调整白平衡、照片风格，改变色相、色调等。诸如此类的照片表现方法数不胜数。因此，在拍摄这类照片时，关于构图、曝光的理论或法则完全不存在。怎样拍摄都在大家自由发挥。

在使用 EOS 550D 的情况下，在自动曝光模式下，都有 ±5 档的曝光补偿，因此摄影师可以创作出比以往更多的曝光效果。

此外，ISO 感光度也从常用的 6400 扩展到了 12800 的超高感光度，在之前不能实现的夜间拍摄等都成为了可能。使用这些功能，摄影师可以按照自己的想法随心所欲地表现。

拍摄作品时，推荐只用 RAW 格式及 6 连拍设定

想要将铁路照片作为摄影作品保存下来，我推荐使用 RAW 格式拍摄。RAW 格式是以拍摄后的加工为前提，不会比 JPEG 的画质差，还可以根据自己的意图拍出很好的图像效果。不过，可拍摄照片的张数会减少，图像所占容量也会变大，因此若碰到拍摄效果极佳的场景，就不要犹豫，使用 RAW 格式拍摄最佳。

使用 EOS 550 中的 RAW+JPEG 格式拍摄时，连拍三张会出现较长的缓冲时间，到下一次拍摄时需要更多的回电时间。因此，选择可连拍 6 张的 RAW 格式拍摄更适合。

Point 4 铁路抓拍

捕捉绝妙景色，
按下快门

最后要介绍的是铁路抓拍照片。铁路抓拍照片指的是在车站、列车车厢内以及列车终点等地方，不经意地遇到了绝妙一景，快速按下快门拍摄下的照片。

和普通抓拍的不同之处在于铁路抓拍照片或多或少会具有铁路的鲜明特质。虽然在此之前已经介绍了足够多的铁路照片拍摄方法，但是小而轻巧却增加了更多功能的 EOS 550D 尤其适合用于抓拍照片。

抓拍照片的重点就是在摄影师觉得"啊，真好！"时，抓住时机马上按下快门。因为这样的场景不会出现第二次，这次不抓住机会的话可能会后悔。

因此，时刻都要准备好，随时可按下快门。保持快门可以按下的状态，将相机设定在 Av、Tv、P 等自动模式下，时刻准备好，等待按下快门的时机来临。将 ISO 也设定成自动，并将 ISO 感光度上限设定在较高状态下为佳。此外，在使用 RAW 格式拍摄时，稍微的曝光不足、曝光过度或色彩不准都不成问题。总之，拍摄下照片最重要。若还有时间的话，可以尝试改变拍摄角度等，认真进行拍摄吧。

■ EF 16-35mm F2.8L II 光圈优先自动曝光（F8） WB：阴天 ISO100 RAW ※久留里线 久留里～平山

左图为车站内饲养的小猫。它在阳光照射下玩耍，感觉非常好。这是一张很有趣的抓拍照片。
※小凑铁道 养老溪谷站

使用实时显示功能正确对焦

列车只会在铁轨上运行。因此，不论是拍摄列车照片还是风景照片，只要在拍摄列车的位置上事先对焦，剩下的事情就是等待将相机时机来按下快门。这种方法称之为"预对焦"。预对焦位置不对的话肯定会导致照片模糊，是要求非常严格的拍摄方式。尤其是当摄影师使用长焦镜头时。

这时，实时显示功能非常有效。按下"实时显示拍摄"键，可以将画面放大十倍，在对焦位置可以用十字键移动对焦框。这样就可以实现精确对焦。

Pet 宠物摄影

拍摄·文字：园江

由于是逆光，狗狗的眼睛不会直接对着太阳，可以睁得大大的。摄影师在它面前的墙壁上放上一块大的白色反光板，将它的眼睛照得很亮，这样瞳孔也变得闪闪发亮。

Case1

本以为将光打在狗狗的整个身体上会很漂亮，但由于顺光的关系，大多数狗狗会因为太阳光太晃眼而睁不开眼睛。

★ Point 1

让光进入宠物瞳孔，让它的眼睛闪闪亮

拍摄宠物照片就是要将宠物拍得可爱和生动。要将这样的表情拍好，技巧就在于瞳孔。比起疲惫的眼神，宠物在玩乐之中张开的双眼更漂亮。当猫的双眼张开时，会露出又黑又大的瞳孔，这样才最可爱。而且，光照还会在宠物的瞳孔内制造出闪烁的光点。当亮光入眼，宠物的表情也会变得生动无比。

在晴天屋外拍摄时，摄影师要注意太阳光。宠物直接看着太阳，但是太阳太晃眼，它们的眼睛睁不开。宠物和人不一样，对它们说"要照相了，太阳晃眼也要把眼睛睁开哦"是不管用的。必须要仔细观察宠物的表情，找到从哪个角度拍摄，以避免晃眼的光线。由于在逆光状态下，宠物的眼睛可以睁开，因此让宠物坐好拍摄是最好的。在公园中使用长焦镜头、将绿色作为背景并作虚化处理，就可以拍出如最上方的案例照片那样生动的约克夏爱犬图。

在室内拍摄时，可以让宠物面向窗户方向，利用天花板的照明灯照亮宠物眼睛。由于拍摄时很难让宠物一直朝上看，因此必须让另外一个人用食物或者玩具吸引宠物的目光。

狗狗的眼睛往上看，天花板上的荧光灯光映入它的眼睛内，显得神采奕奕。

狗狗的左眼（画面前方）没有光射入，让狗狗有种寂寞的感觉。

Case2

还原室内环境颜色，尝试拍摄吧

拍摄宠物的最佳场所就是家中。从窗户射入的自然光、天花板上荧光灯发出的光以及台灯发出的光等光线交错，从而构成了室内光线。利用白平衡（WB）可以将光的颜色融合。不过使用相机的自动白平衡，无论如何都会导致色偏，无法实现正确的校正，因此可以尝试使用自定义白平衡。在某种光线下，拍摄任何白色物体（纸、墙壁或布等），选择"自定义白平衡"功能，再导入拍摄好的白色物体图像，即可获得漂亮而正确的校正后颜色。

在台灯和荧光灯的混合光线下，自动白平衡也无法实现颜色校正，图像出现色偏。

要解决这样的问题，可以接近拍摄白色反光板。

从机背上的液晶监视器上选择"自定义白平衡"并设定。拍摄的狗狗还原为原本的颜色。

利用闪光灯拍摄

从画面右侧窗户照射而来的光却使画面左侧变得很黑。

使用内置闪光灯靠近拍摄，就形成了这样突兀的效果。

用佳能专业闪光灯 Speedlite 进行闪光。若将闪光灯的角度调向天花板或墙壁闪光，闪光灯光会变成间接照明，这样可以让画面更柔和。

室内和屋外不一样，室内光线昏暗，在很多情况下，摄影师拍不出想要的效果。这时，有了外接闪光灯会非常方便。只要有了它，不论是在夜间拍摄还是拍摄宠物时都会变得非常轻松而快乐。使用佳能 Speedlite EX 系列外接闪光灯，可以和 EOS 550D 连接使用。

重点是不能让闪光灯直接对着宠物。很多家庭中的天花板都是白色的，让闪光灯对着天花板闪光，形成天花板反射光即可。若家中天花板是黑色的，可以在墙壁上贴上白纸，或者放置一块白色反光板，形成天花板反射光也可。

在夜间室内拍摄时，即使使用高级单反镜头，画面也会较模糊，推荐购买一台外接闪光灯。

将外接闪光灯装在相机上，画面左侧的反光灯会形成微弱的天花板反射光。狗狗的左右两边都很清楚。

EOS 550D

挑战短片拍摄

高画质拍摄——
等同EOS 7D

EOS 550D 拥有与高端相机 EOS 7D 相同的短片拍摄功能，可以录制全高清短片。在此，我们将教给大家短片拍摄需具备的基础知识，以及使用重点。

■拍摄&讲解：野下义光

佳能EOS 550D的短片拍摄参数

- ●像素：全高清（1920×1080）、高清（1280×720）、标清（640×480）
  ※也有短片裁切功能
- ●帧频：30/25/24p（全高清）、60/50p（高清、标清）
- ●压缩方式：MPEG-4 AVC/H.264
- ●记录格式：MOV

这些参数代表什么呢？

首先，"全高清、高清、标准清"代表的是图像的尺寸。它们的区别用像素来表示会比较容易理解。非常粗略地说，对于31万像素的图像而言，普通标清图像的92万像素是其3倍。因此，1920×1080的全高清相当于约207万像素，是标清图像的6.7倍，是高清图像的2.25倍。

接下来是"帧频"，表示的是1秒内可拍摄、可显示的静态图像的张数。数字越大表示可记录照片越多，普通的风光摄影要求30帧/秒的帧频就足够了。

接下来是"压缩"和"记录"格式，种类非常多，比较难懂。大致上来说，EOS 550D 的"MPEG-4 AVC/H.264"是针对短片的特定压缩方式，画质也非常好。只是，用电视播放时，要将格式转成DVD，或者必须连接相机才能欣赏。短片文件较多，编辑串接起来也很麻烦。不过，在Mac电脑上编辑 MOV 格式的文件很方便。

另外，EOS 550D 的短片拍摄功能，和高端机 EOS 7D 以及 EOS 1D Mark IV 的功能是相同的，是真正专业人士可使用的短片拍摄功能。

EOS 550D的EOS短片拍摄设定

▲和静态照片相同，在短片拍摄模式下，可以选择照片风格并对色调等参数进行微调。尝试着对不同被摄体进行不同的参数设置吧。

▲记录尺寸和帧频的设定画面。想要放慢播放可选60帧。相要上传至网络则选640×480。

▲这是静态照片时的测光模式设定画面。在短片拍摄模式下，不论设定在何处，都会变成中央重点平均测光。

▲当然，可以设定曝光补偿。只是，需要事先将测光方式固定在中央重点平均测光模式上。

▲设定为自动曝光后，快门速度、光圈值、ISO感光度都会自动与曝光相适应。

▲这是半按快门时的设定画面。和静态照片相同，可以灵活运用自动对焦／自动曝光锁。

C.Fn IV：操作/其他
快门键/自动曝光锁定按钮
0：自动对焦/自动曝光锁
1：自动曝光锁/自动对焦
2：自动对焦/自动对焦锁，无AE锁
3：自动曝光/自动对焦，无自动曝光锁

C.Fn IV: 1 2 3 4 5 6 7 8 9 10 11 12
           0 1 0 1 2 0 0 0 3 2 0 0

裁切
短片

全高清裁切
原尺寸大小
静态图像350dpi

▶从全高清短片（1920×1080dpi）中裁切得到静态图像。清晰度为350dpi，原尺寸大小为13.93cm×7.84cm。若需要打印出来，则可以充当"照片"，具有可打印的尺寸和画质。

EOS 短片
试拍篇

从全高清短片中裁切静态图像，竟然如此漂亮

 →  →

▲ 对动作幅度非常大的被摄体，摄影师还是需要使用短片拍摄功能。选择照片风格为"标准"，可得到适当的明暗和饱和度，将白平衡模式设为"日光"。■
EF-S 18-200mm F3.5-5.6　自动对焦／自动曝光锁　WB：日光　照片风格：标准

Point!

拍摄室内短片，非常方便♪

在手动曝光状态下也可以自动设定ISO感光度。这样，在自由设定快门速度和光圈值的基础上，相机就能自动曝光。在荧光灯照明下，可设快门速度在1/50秒或1/60秒，则不会产生闪烁现象，在自动ISO模式下自动曝光。非常适用于在室内拍摄家庭短片。

短片曝光	手动
显示网格线	网格线2
测光定时器	16秒
录音	启用
高光色调优先	

◀ 在手动曝光设定的情况下，高光色调优先功能可用。和静态图像同样，可以抑制画面过曝的现象。

最开始依靠相机的自动功能，现在尝试变换设定来拍摄吧

日常的家庭短片拍摄基本上完全交给 EOS 550D 就 OK。不过，若能学会更多功能操作和设定，比起完全交给相机来，这样短片拍摄会更加有趣。顺便说，虽说是"交给 EOS 550D"，但短片拍摄功能没有全自动功能。各种设定还是需要摄影师自行选择。

首先是白平衡。虽然自动白平衡没有大问题，但是在短片拍摄模式中使用自动白平衡时，白平衡会不断出现变化。因此，根据被摄体的不同，画面可能会出现色彩变化，可能和肉眼所见有差别。

因此，在主光源确定的情况下，可以尝试设定特定的白平衡模式。例如，在白天的室外时可将其设定为"日光"。这样即使拍摄过程中相机移动，也不会出现色彩变化的情况。

然后，将曝光模式设定为自动曝光即可。但是，由于自动曝光也经常会变化，例如画面内出现明亮的被摄体时，画面有可能就会在这一段时间内稍微变暗。拍摄

短片和拍摄静态图像时一样，可以尝试半按快门灵活运用自动曝光锁。

顺便说，若调至手动曝光，则快门速度、光圈值都可以自由设定。

此外，很可惜的一点是，EOS 550D 的自动对焦功能不会持续追踪被摄体。不过，只要将光圈缩小，使景深变深，被摄体前后也不会出现较严重的对焦不准、影像模糊的情况。

此外，EOS 550D 可以以 1/5 的速度放慢播放短片。例如，您可以用慢放功能来分析家人打高尔夫的挥杆情况。若想要放慢播放，在拍摄时可将记录尺寸设定为 60p（1280×820），若在手动曝光情况下将快门速度调快，则可以得到更加顺畅的慢放效果。

最开始时可以尝试全部交给相机自动拍摄，稍微熟悉了 EOS 550D 的操作后，可以尝试变换各种设定来进行拍摄。

EOS短片拍摄
人像篇

从"拍照"到"摄像"
考虑好就开始拍摄吧！

■短片拍摄：近藤勇一
■讲解：野下义光
■模特：彩月贵央

Point! 不是"一瞬间"，
而是表现时间的流逝

▶拍摄短片时，一定要做的事情是移动镜头。最小限度移动镜头，或许就可以让短片更好看。此外，即使没有三脚架，只要有拍摄短片用的云梯，也可以顺利完成操作。

左右方向 **移**
上下方向 **移**

△ 上下移
◁ 左右移
▷ 左右移
▽ 上下移

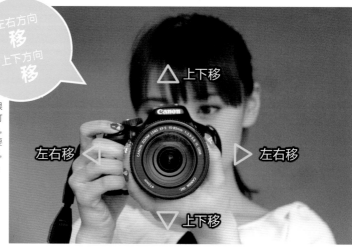

Scene1
准备篇

Point! 不要慌张，缓慢移动相机，
直至"完美画面"出现

拍摄场景

■全高清晰（30p） EF-S 15-85mm F3.5-5.6 IS　F6.3　1/30 秒　ISO3200　WB：日光　照片风格：标准

"女孩在窗边读书，发现了庭院中的树梢上有小鸟栖息，观察小鸟至小鸟飞走，再继续读书"——这次所拍摄的就是这样场景下的短片。从人像的脚尖到胸以上摄影师慢慢摇移镜头拍摄。之后，随着模特的运动微调构图。总之，缓慢地移动相机是最佳技巧之一。

活用数码单反相机的功能，挑战人像拍摄

EOS 550D 拍摄出来的短片具有可以在电影院的大屏幕上播出的完美画质。此外，APS-C 的感光元件尺寸，也是家庭小型摄像机无法企及的，高感光度性能也很强大。另外，其静态图像和短片具有同样的高画质。因此，在此我向想要以人像拍摄为主题，尝试拍摄短片的摄影爱好者，介绍短片拍摄的方法。

拍摄短片时，首先要思考短片给人的印象，然后将其具象化以实现拍摄。静态图像顾名思义是静止的图像，因此照片给人的印象也只是通过图像来表现就足够了。不过，短片却存在时间轴。因此，为了创作出最好的短片效果，无论是 5 秒短片、10 秒短片，还是几分钟的短片，首先摄影师需要在心中构思好想要表达的效果，再进行拍摄。

短片拍摄的代表性动作就是摇移镜头，达到 FIX 的目的，FIX 指的就是固定的意思。也就是说，固定好相机，让被摄体成为在画面中央移动的图像。摇指的是相机左右运动，移指的是上下方向的运动，这些移动都是为了更好地展现被摄体。摇移镜头，加上调焦，可以拍摄出非常棒的效果。

此外，开大光圈将景深调浅，使背景虚化的静态图像表现手法也可以用在短片拍摄上。由于在专业拍摄中使用到的摄像机的感光元件尺寸小，因此这些手法用起来会比较难。但 EOS 550D 配上套机镜头就可以使这种想法变为可能，绝不会出现无法使用的情况。

EOS 550D 的高性能可以使摄影师自由发挥。在短片拍摄中，也可以尽情尝试各类方法。

Scene2 分镜头俯拍

■全高清（30p）EF-S 15-85mm
F3.5-5.6 IS F6.3 1/30 秒 ISO3200
WB：日光 照片风格：标准

拍摄场景

Point! 将焦点预设在与
目标位置重合之处，
固定取景

从俯拍角度用广角镜头取景，固定相机。焦点与画面中央位置重合。将大致的取景范围告知模特，请她在取景范围内自由运动。由于取景范围是固定的，编辑时只可留下需要的部分，好的效果简单就能获得。

Scene3
移动到窗边，接近拍摄

全高清裁切
原尺寸大小
静态图像350dpi

超越家庭小型摄像机，虚化背景，表现人物肌肤的质感

Point! 拍摄时可随时切换场景

拍摄场景

▲ 数码单反相机的短片拍摄模式对对焦要求非常严格，不过镜头选择非常多，可以实现背景虚化。感光元件的尺寸非常大，因此在表现力上具有压倒性的优势。

首先将模特置于构图之外。然后模特边做束发的动作边向窗边靠近，然后到窗边远眺外面，这时模特进入相机的视野。这种作品的感觉是家庭小型摄影机无法拍出来的。

Fin

■全高清（30p）EF35mm F1.4L IS F4
1/30 秒 ISO400 WB：日光 照片风格：
标准

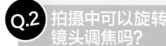

EOS 550D
挑战短片拍摄

数码单反相机
**短片拍摄
的
Q&A**

研究静态图像和短片拍摄的不同

最后，我们在此介绍用 EOS 550D 拍摄短片时必须掌握的重点。讲解短片和静态图像究竟有何不同。

■讲解：山田久美夫

▲短片拍摄中的自动对焦功能无法持续追踪被摄体。因此，需要事先对焦，短片拍摄中的焦点基本上是固定的。所以可以用实时显示功能，放大图像后完成对焦，操作非常方便。

摄影三脚架，拥有真方便

对于短片拍摄来说，专业摄影三脚架非常合适。和普通的三脚架最大的不同在于，它的云台是可以滑动的。普通三角架的云台是不能滑动的，无论怎样拍，动画也不可能有什么变化。因为这种专业摄影三脚架本身就是以移动镜头为前提设计的，所以不需要费劲就可完成短片拍摄。当然将各部分的螺丝都固定好，在拍摄静态图像时也可以使用。

Q.1 可实现自动对焦吗？

A. 大部分的相机在短片拍摄模式下都不能使用自动对焦，或者，对焦延迟、对焦中曝光改变时，都无法实现自动对焦。因此，摄影师通常在拍摄短片前需要自动对焦，然后再进行拍摄，这是一般做法。此外，在短片拍摄中还可以看着液晶监视器手动对焦。

Q.3 白平衡和 ISO 感光度怎么设定呢？

A. 基本上，白平衡设定和静态图像拍摄时的设定差不多。因此，用自动白平衡功能拍摄不成问题，自定义白平衡也可实现。但是普通的一个场景下的颜色变化会显得不自然，因此比起自动白平衡来，自定义白平衡设定会更安全。

此外，EOS 550D 是可以允许摄影师自己设定 ISO 感光度的，而大多数机型都是自动设定。而很多时候，在拍摄过程中调整明暗都是依靠调整 ISO 感光度来实现的。

当然，想要全面利用数码单反相机的超高感光度，或者不希望画面出现噪点时，可以积极地手动设定感光度。

不过，需要注意的是这样可能会导致画面出现曝光不足的情况。

Q.2 拍摄中可以旋转镜头调焦吗？

A. 使用单反相机时，旋转镜头调焦本来就是手动操作的，因此在拍摄短片的过程中也可以自由操作。只是，对大多数镜头来说，如果焦点移动，光轴也会移动，从而导致图像模糊。

这一点和摄像机具有很大的区别，也可以说是用目前数码单反相机拍摄短片的弱点。

因此，今后可能会出现针对短片拍摄的超级调焦镜头。可以旋转调焦，并具有自动追随焦点功能的镜头非常有必要。

▲拍摄中旋转调焦是相同的，因和移动镜头是相同的，因此要慢慢地旋转。

Q.4 曝光补偿可以在拍摄中进行吗？

A. 通常使用单反数码相机拍摄短片时，都交由相机自动曝光。因此，想要实现一定程度曝光条件下的拍摄，可以在拍摄开始时使用自动曝光锁，或是使用手动曝光会更安全。当然，曝光补偿还是可以实现的，在拍摄过程中转动曝光补偿拨盘，每一级曝光补偿都会使得画面明暗呈现阶段性变化。因此，很多时候，使用曝光补偿都会导致不自然的画面出现，不推荐使用。

Q.5 防止手抖、效果设定、面部识别功能如何使用呢？

A. 在这一点上，品牌之间的区别较大。尤其是短片拍摄中的防手抖问题，基本上只能依靠镜头的光学防抖功能，因此相机和使用镜头的搭配会使得防抖功能也大不相同。不过，在大多数情况下，数码单反相机的防抖修正范围要比数码摄像机的小，因此不要过分依赖于单反数码相机的防抖功能。此外，机身内部的防抖方法，还只有宾得的磁感应驱动方式一种。

照片风格等图像效果设定基本上在短片拍摄时也可以使用。因此，可以使用自己喜欢的色调和反差来拍摄短片。

除此之外，根据品牌和机型的不同，有些相机的面部识别功能也可以使用。不过，现在在短片拍摄过程中，自动对焦仍然无法持续跟踪被摄体追焦，因此这也成为了今后相机开发的课题。

■照片风格：中性 WB：自动 自动亮度优化：禁用 镜头周围光量校正：关闭

■照片风格：风光 WB：日光 自动亮度优化：标准 镜头周围光量校正：启动

▲现在的数码单反在拍摄短片时仍然无法用 RAW 格式拍摄。因此，反差、色调设定等，都要与使用 JPEG 格式拍摄照片时保持相同的设定。

▲相机的各种设定也反映在了短片拍摄中。在使用 EOS 550D 的情况下，照片风格、自动亮度优化和镜头周围光量校正等功能都可以在短片中反映出来。

专业镜头更享
EOS 550D的
拍摄乐趣

好不容易买到了拥有高性能的 EOS 550D，只有套机镜头自然不能满足拍摄需求。这里就来介绍五支各具特点的转换镜头，更添使用 EOS 550D 的乐趣。拍摄 & 讲解：并木隆

大光圈定焦镜头　EF 50mm F1.8 II

认识定焦镜头及局部虚化的魅力，入门级定焦镜头

EF 50mm F1.8 II	
等效焦距	约80mm
镜头结构	5组6片
光圈叶片数	5片
最近对焦距离	0.45m
滤镜直径	52mm
外观尺寸	直径68.2mm×41mm
重量	130g
价格（目前价格）	约800元

EOS 550D 的高感光度和光圈 F1.8 的组合，即使没有防抖功能，摄影师也可以在暗处手握持相机拍摄。
■ 光圈优先自动曝光（F1.8）EV+1 ISO1000 WB：日光

绝对值得推荐的高性能镜头

在佳能的专业镜头中，最便宜的一款就是 EF 50mm F1.8 II。定价只有 800 元人民币左右，塑料外壳以及自动对焦时聚焦环发出的"吱吱"响声，都能体现出镜头的廉价。不过，这支镜头最大的魅力就在于 F1.8 的光圈值。比起 F2.8 的高端镜头来，这支镜头的光圈还大 1 档，使用它同样能拍出明亮的效果，况且价格便宜这么多，可谓物超所值。

使用 EOS 550D 这样的高感光度相机时，画质非常好，不过，光圈越大，画面越明亮，虚化程度也越强，这时镜头的优劣就会有所体现。对于初学者来说，用便宜的价格购买大光圈镜头，可以更明显地体会到光圈变大时的虚化感。

这款镜头的表现能力不错，但开大光圈时，在逆光状态下，容易产生光晕。因此，在光线强时，稍微缩小光圈拍摄会更好。

使用定焦镜头，摄影师可以通过自身的移动来改变画面中被摄体的大小，而这正是拍摄的要点所在。如今，变焦镜头当道，对于初学者来说，一定要使用这样的定焦镜头，来学会拍摄的精髓。

开大光圈时，由于光线情况不同，可能会比较容易出现光晕，因此在光量较充足时，可以使用 F2.8 来保证稳定的画质。
■ 光圈优先自动曝光（F2.8）ISO100 WB：日光

EF-S 60mm F2.8 Macro USM

小而轻巧、
操作性能高的微距镜头

当有两个被摄体时, 可以切换到手动对焦, 对焦在离相机较近的被摄体
上。面前的被摄体被虚化, 看上去非常自然, 同时又制造了模糊效果。

■光圈优先自动曝光(F4.0) EV+0.6 ISO200 WB: 日光

EF-S60mm F2.8 Macro USM	
等效焦距	约96mm
镜头结构	8组12片
光圈叶片数	7片
最近对焦距离	0.2m
滤镜直径	52mm
外观尺寸	直径73mm×69.8mm
重量	335g
价格 (目前价格)	约3100元

摄影师将镜头对着花朵, 使用实时显示
功能拍摄。镜头必须接近被摄体, 才能
将被摄体拍得很大。

■光圈 F2.8 1/100秒 ISO500
WB: 日光

最近对焦距离极短,
拍摄角度的自由度极高

　　APS-C专用的微距镜头, 等效焦距为96mm。放大倍率为1:1, 和100mm微距镜头的最大差别在于此镜头的最近对焦距离非常短。但是近距离拍摄像小昆虫之类的被摄体, 镜头太近的话小昆虫会很快逃走, 比较麻烦。不过, 这款镜头的拍摄角度比其他很多款相机都灵活, 对于正下方、正上方这种极端角度也很容易拍摄到。此外, 拍摄室内的小物品, 或者在狭窄地点拍摄时, 都需要这款镜头发挥对焦距离短的优势。

　　开大光圈时, 对焦部分的画面锐度较大, 不过虚化效果会让画面变柔和, 看上去的确拥有微距镜头拍摄出的效果。此外, 此镜头采用内对焦技术, 对焦时, 镜头的整体长度不会变化, 因此比较好把握镜头与被摄体的距离, 不需要调整握持相机的姿势。

　　由于使用微距镜头自动对焦时不能合焦的情况较多, 因此手动对焦时的操作性能就非常重要。对焦环的设计实用, 而且可以在细微调整时做出迅速反应, 这一点设计得非常好。

　　此款相机小型、轻巧, 与EOS 550D堪称绝配。虽然价格稍微有点高, 不过作为体验微距拍摄世界的入门级镜头非常合适。

超广角变焦镜头 EF-S 10-22mm F3.5-4.5 USM

清晰的表现力
和最佳虚化效果

EF-S 10-22mm F3.5-4.5 USM	
等效焦距	约 16mm~35mm
镜头结构	10组13片（非球面 3UD1）
光圈叶片数	6片（圆形光圈）
最近对焦距离	0.24m
滤镜直径	77mm
外观尺寸	直径83.5mm×89.8mm
重量	385g
价格（目前价格）	约 5500 元

22mm 端 调近至最近对焦距离，虽是广角镜头，但是背景的虚化效果竟也能这样好。纳入了大部分画面作为背景，也是广角镜头近拍的特点。

■光圈优先自动曝光（F4.0）ISO200 WB：日光

自由变换拍摄范围，
正是其魅力所在

　　它是 APS-C 尺寸相机专用的超广角变焦镜头，等效焦距约 16mm~35mm。从镜头外观就能看出其超广角特质，镜头前端有很大的圆环设计，而握相机时竟然发现它很轻。装在 EOS 550D 上时，平衡感非常好。

　　光学非球面镜片和超级 UD 镜片，拍摄远景时效果绝佳，而近景拍摄也可以获得相当不错的效果，变形校正非常棒。画质表现力也绝佳。以最近对焦距离拍摄到的照片也非常具有表现力，合理的光圈设计让虚化效果更佳。

　　由于前端圆环不能转动，因此在装载 PL 滤镜时的操作性能得到了提高。变焦环很宽，具有舒适的操作感觉，使摄影师可以迅速精准地设定想要的光圈值。

　　装上这支镜头后的广角视野更大，不过这不是这款镜头的惟一魅力所在。它的魅力在于可以将摄影师面前的大部分画面纳入镜头，用最近对

10mm 端 在有天井的地方尽量让正上方进入画面中，这样的构图更能强调景深感。

■光圈优先曝光（F5.6）ISO400 WB：日光

焦距离凑近被摄体时也会比其他镜头拍摄到更多的背景画面。再加上摄影师自身移动带来的拍摄范围变化，可以使得这个镜头的魅力最大限度地发挥出来。

　　虽然它的价格稍微有点高，不过会让人非买不可。

EF-S 18-200mm F3.5-5.6 IS

从广角到长焦，一支镜头就足够

200mm 端　由于近端拍摄时部分镜头会延伸出来，因此可用左手托住镜头下部以增强稳定感，并且也可增强防抖校正效果。

■ 光圈优先自动曝光（F5.6）曝光补偿 EV+0.3 ISO200 WB：日光

EF-S 18-200mm F3.5-5.6 IS	
等效焦距	约 28.8mm~320mm
镜头结构	12 组 16 片（非球面 1UD2）
光圈叶片数	6 片
最近对焦距离	0.45m
滤镜直径	72mm
外观尺寸	直径 78.6mm×102mm
重量	595g
防抖校正效果	约 4 级
价格（目前价格）	约 3500 元

18mm 端　11 倍的变焦比使摄影师不需要转换镜头就可以实现各种焦距的拍摄，使用非常方便。

■ 光圈优先曝光（F5.6）ISO400　WB：日光

高倍率的优点，随心所欲拍摄

　　它的等效焦距约从 28.8mm 至 320mm，变焦比约 11 倍，是适合 APS-C 相机专用的超高倍率变焦镜头。在高倍率变焦镜头中，它属于画质非常好的镜头之一，采用圆形光圈设计，可以实现自然的虚化效果。

　　由于它覆盖了广角到长焦段，因此拥有一支镜头就足够，可以大大减轻旅行、登山或转换拍摄地点时的负担，适合于拍摄风光、运动会等。不需要转换镜头，就可以实现大范围内的快速变焦。高倍率变焦镜头的好处数不胜数。此外，镜头内置防抖功能，用快门速度换算可实现约 4 级校正效果，普通摄影中的抖动都可由相机自动校正，因此用手持握相机拍摄的领域得到进一步扩大。与高感光度性能的 EOS 550D 组合在一起，拍摄领域会更上一层楼。

　　不过优点太多，可能会让人忽略镜头的重量。它比起轻巧的套机镜头来，会让人感觉有较重。套机镜头实在轻巧，不过考虑到这款相机能覆盖如此广的焦距范围，不妨去试试看，亲自体验一下，相信您会做出更准确的选择。

EF 70-200mm F4L IS USM

它拥有理想中的高性能，请选择此款镜头

EF 70-200mm F4L IS USM	
等效焦距	约 112mm~320mm
镜头结构	15 组 20 片（萤石 1UD2）
光圈叶片数	8 片
最近对焦距离	1.2m
滤镜直径	67mm
外观尺寸	直径 76mm×172mm
重量	760g
防抖校正效果	约 4 级
价格 （目前价格）	约 9100 元

70mm 端　在极端逆光的场景中也能发挥作用，开大光圈拍摄也完全不会出现光晕等画质变差的情况。

■光圈优先曝光（F4.0）曝光补偿 EV-0.3　ISO100　WB：阴天

和 EOS 550D 结合，完美呈现被摄体

　　拥有同样焦距范围的大光圈镜头 F2.8L 虽然在拍摄上来说拥有较多的优点，但是 F2.8L 镜头的体积大、重量大，并且价格也较高。比起 F2.8L 镜头，EF 70-200mm F4L IS USM 的光圈仅仅有 1 档的明暗差，但却有理想的价格及轻巧方便的实用性。大家可能会认为，光圈只有 1 档之差，价格和外观却有如此大的区别，那画质一定也会差很多。其实并非如此，EF 70-200mm F4L IS USM 有着一点也不输给大光圈镜头 F2.8L 的变焦范围及高分辨率。

　　有些佳能同系列、同等级的镜头没有 IS 防抖功能，虽然大家会考虑到价格的问题，但是还是推荐有经济实力的摄影师选择这款具有防抖功能的镜头。快门速度越慢，则手握持相机拍摄时的抖动现象会越明显，无论多么好的场景，无论多么出色的被摄体，无论多么美妙的瞬间，只要发生了抖动，拍摄出的画面就变得毫无价值。

　　1 档光圈的明暗差，在 EOS 550D 高感光度性能的配合下，不会比 F2.8L 镜头拍出的画面差。因此，综合来看，EF 70-200mm F4L IS USM 的优势是非常明显的。此外，轻巧的镜头和 EOS 550D 组合在一起，能使整个相机的平衡感更强，尤其适合不想携带"重量级"摄影器材的女性。

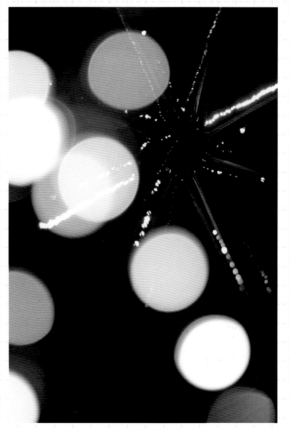

200mm 端　利用这款变焦镜头的长焦端将光环拍摄得很美，画质效果较佳。

■光圈优先曝光（F4.0）1/60 秒　ISO100　WB：阳光

使用佳能PIXMA 制作创意照片

照片，并不是拍摄完就可以了，接下来还有打印、装裱、欣赏等几个过程，这才是摄影的乐趣所在。在此将介绍如何使用佳能打印机PIXMA来打印照片的两种方法。

拍摄·讲解●梅田真秀

基础篇　将SD卡插入打印机卡槽并打印

使用存储卡打印

好不容易拥有了 EOS 550D 相机，也拍出了高画质照片，大家肯定想要打印照片出来欣赏。特别是拥有纪念意义的家庭照片。

佳能的打印机系列大多数都拥有插卡槽，并且可以打印出 A4 纸大小的照片。因此，在家中就能轻松打印高画质照片。这里使用的就是高性能的 PIXMA MP640。

打印真得是极其简单。将 EOS 550D 拍摄时使用的存储卡插入打印机的插卡槽中，打印机会自动读取存储卡内的照片，并在液晶显示器上表示出来。

接下来就是选择需要打印的照片。由于在此可以剪裁底片，因此放大照片一部分打印也非常方便。此外，打印纸的品种、大小、是否有边框、印刷品质等都可以选择。使用者也可选择自动或手动对图像的色调进行修正，实现多样化打印。全部设定完成后可以通过打印预览设定，没错的话按下 OK 按钮就开始打印了。

从开始打印到打印完成只需要几分钟时间，可以媲美冲洗店的速度。这样，创意打印就实现了。不仅操作非常简单、画质很高，价格也很理想。因此，家庭成员可以聚在一起享受打印大尺寸照片的乐趣了。

1 将存储卡插入插卡槽

将打印机插上电源，打开插卡槽盖，将拍摄时使用的 SD 卡插入插卡槽，右上角的绿灯亮起。除了 SD 卡之外，还可以用 CF 卡、MD 卡等。

2 指定打印图像

液晶显示屏上会出现拍摄的照片。可用滚动轴或者选择按键选择图像。决定好要打印的图像后，再选择打印张数，这里选择的是 1 张。

3 设定打印参数

按下 OK 按键，会出现开始打印的画面。这里的打印选择是——尺寸：A4；纸张：高光面；画质：好；无边距打印：无边距。

4 图像校正选择

可选择自动或手动修正图像色调。自动功能非常好用，手动功能则可满足使用者更多需求。

5 打印开始前

再次确定选中的照片。由于是确定，因此不能放弃之前设定好的内容。

6 打印开始

若没什么问题则可按下"确认所选照片"按键确定打印。此时，打印开始。

7 打印中

途中想要停止打印时可按下停止按键。此外，打印机缺墨时，液晶显示屏会出现警告。打印 A4 彩色照片仅需 43 秒。

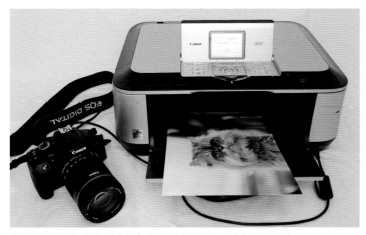

连接打印机和相机,照片正在打印中。不需要电脑就可便捷地打印出漂亮照片。

不使用电脑也可以打印

可能有人会认为电脑是打印照片的先决条件。其实,使用插卡打印以及使用 USB 线连接相机和打印机的方法,都可以完成打印。

EOS 550D 和 PIXMA MP640 都有Camera Direct 功能,连接相机和打印机就能打印。也就是说,只需要用 EOS 550D 套机附带的 USB 连接线就连接相机和打印机即可。

和使用 SD 卡的方法不同,选择图像和打印机设定都可以在 EOS 550D 的液晶监视器上完成,不需要在打印机的面板上操作。

首先,从 EOS 550D 的菜单画面中选择"打印指令",指定要打印的图像和打印张数。然后,将打印用纸设定为自己所喜好的类型。另外,再设定有无边距即可。

之后就是在打印机上选择照片用纸,从设定预览处确定设定内容,选择设定按钮,即开始打印。

数码相机的液晶监视器很大,浏览及操作都不费力。因此,将相机与打印机连接打印的方法也非常简单。尽可以选择自己喜欢的打印方式,不论使用何种方式,都可以得到高品质的打印效果。

1 将相机和打印机连接

将 EOS 550D 的 USB 连接线(小口一端)连接相机,另一端插入打印机的 USB 口中。打印机的 USB 接口在存储卡插卡槽的底下,相机的接口在液晶监视器的左侧。

2 打印机识别相机

打开 EOS 550D 和打印机的电源,打印机会自动识别连接好的 EOS 550D。打印机的液晶监视屏上会显示连接状态,之后的操作完全可以通过相机来完成。

3 按下图像显示按钮,可以选择打印指令

保护图像
旋转
删除图像
打印指令
传输指令

在菜单中选择"打印指令",按下"设定"按键。

4 选择图像和打印张数

选择"选择图像",打印全部图像时选择"全部图像"。确定了要打印的图像后,用十字键选择打印张数。回到打印画面,确定打印张数后,选择"打印"。

打印图像

标准　　　　1张

日期　　　　关
文件编号　　关

选择图像　全部图像　设置
打印　　　　　　MENU

5 选择纸张尺寸和类型

选择纸张类型和纸张尺寸。这里纸张尺寸选"10×14.8cm"，纸张类型选择"照片纸"。纸张类型分为照片纸和高级照片纸两种。

6 选择边距和开始打印

选择有边距打印或无边距打印。这里选择有边距打印。最后通过打印预览确定打印设定，没问题的话选择"打印"按键，开始打印。

7 印刷时的液晶监视屏画面

在打印过程中，不要拔出USB连接线，以免造成打印问题。想要取消打印可选择"停止"。

两种打印方式的优缺点

● **在家中打印的优点**

· 可选择自己喜欢的时间打印
· 可连接电脑，还可以根据自己的拍摄意图修片打印
· 可以用照片纸之外的纸张打印
· 多功能一体机可以打印扫描图像

● **在家中打印的缺点**

· 需要购买打印机作为前期投入
· 需要考虑打印机的摆放地点
· 需要花钱购买墨盒、纸张

● **在冲印店打印的优点**

· 可选择耐久性高的优质打印纸
· 网络打印店非常方便

● **在冲印店打印的缺点**

· 需送件打印并取回，比较麻烦
· 冲印店的冲印技术（画质、色彩和图像剪裁等）存在差异

8 最后装裱完成！

将A4大小的照片装入相框中，这样可以为照片锦上添花。装饰照片和欣赏照片也是享受摄影乐趣的一部分。将照片装饰在自己的屋子里，打印出来即可，更添了一层拍照的乐趣。

佳能
PIXMA MP640

具备扫描、复印功能
高性能多功能一体机

这次使用的是佳能 PIXMA MP640 喷墨打印机。可打印 A4 纸大小照片，并同时兼具扫描、复印功能。同时还具有 BD/DBD/CD 标签面的打印功能。此外，拥有 3.0 英寸 TFT 液晶显示屏、无线 LAN、有线 LAN 连接功能，高性能且价格合理。

● 最高分辨率（dpi）：9600（宽）×2400（高）
● 墨水：5 色独立墨水
● 照片纸尺寸：A4~A5、L、2L、8×10 寸（254×203mm）
● 大小、重量：W450mm×D368mm×H176mm，约 8.8kg

佳能高级照相纸

从质感到性能都非常完美的佳能照片纸"铂金"，是佳能照片纸的一面旗帜。采用六层构造，非常注重重白色和光泽感的表现。另外，此照片纸和新染料墨水相辅相成，能更加表现出"留黑"时的效果，和佳能打印机完美结合，能发挥出极佳的性能。此外，照片纸打印出来的照片的保存质量也很高。推荐给追求专业、高品质照片的人士。

PIXMA Pro9500 MarkⅡ

采用 10 色打印、A3 颜料墨的专业打印机。新增了灰色、黑灰色等颜色，增强了单色打印的效果。可以直接连接打印机打印。

● 最高解像度（dpi）：4800（宽）×2400（高）
● 墨水：10 色独立型
● 打印纸张尺寸：大 A3、A3~A5、L、2L、六开、四开、对开等尺寸。
● 大小、重量：W600mm×D355mm×H193mm·约 15.2kg

PIXMA MP990

这是 A4 尺寸 PIXMA 多功能打印机的高端产品。采用灰色墨水，可以使照片的色阶更丰富，可以直接连接相机。

● 最高解像度（dpi）：9600（宽）×2400（高）
● 墨水：6 色独立型
● 打印纸张尺寸：A4~A5、L、2L、六开等。
● 大小、重量：W470mm×D385mm×H199mm·约 10.7kg

PIXMA MP490

多功能打印机的基本款。采用黑色颜料，可打印出清晰的画质效果。此外，轻巧的体型使用户不用为摆放位置而烦恼。

● 最高解像度（dpi）：4800（宽）×2400（高）
● 墨水：4 色独立型
● 打印纸张尺寸：A4~A5、L、2L、六开等。
● 大小、重量：W450mm×D335mm×H155mm·约 5.5kg

佳能中级照片纸

继承了以往专业照片纸的质感，受到广泛好评。采用"氧化钡纸"。这就造就出这种纸独有的特点和质感。

PIXMA iP4700

专注于照片打印的高级产品。1 滴墨水的量为 1pl，可实现高画质打印。具有直接连接相机的功能。

● 最高解像度（dpi）：9600（宽）×2400（高）
● 墨水：5 色独立型
● 打印纸张尺寸：A4~A5、L、2L、六开等。
● 大小、重量：W431mm×D296mm×H153mm·约 5.7kg

SELPHY ES40

强化不易褪色功能的升级版打印机，体型轻巧。特别适合制作儿童照片。具有 SD 卡的插卡槽，打印简单。

● 最高解像度（dpi）：300×600
● 墨水：墨水和纸张一体化耗材
● 打印纸张尺寸：L、明信片尺寸、卡片尺寸
● 大小、重量：W226.3mm×D138mm×H225mm·约 2.09kg

佳能入门级照片纸

佳能照片纸的标准版。打印纸拥有较厚的手感和高光泽度。此外，也是性价比高的入门级照片纸，也推荐平时打印照片使用。

使用 **D**igital **P**hoto **P**rofessional 处理 RAW 格式照片

使用EOS 550D套装中的软件DPP，进一步发挥EOS 550D的魅力，挑战处理RAW图像吧

●拍摄/讲解：野下义光
●模特：小野寺真由

使用DPP，轻松处理

在此，让我们来尝试使用DPP软件处理RAW格式图像。

选择图像

▲用鼠标左键双击图片以放大图像。接着执行"工具>启动快速检查工具"命令。

快速检查工具

▲在此可将画面标上号码1、2、3。例如修改后画面为1，原图像为3等，试试编号吧。

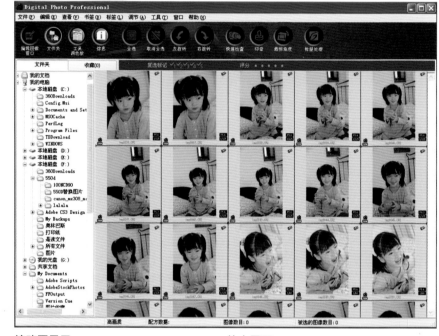

缩略图显示

▲打开 DPP，选择包含 RAW 格式文件的文件夹，文件会以缩略图形式显示。

放大显示

▲执行"查看> 100% 视图"命令，可将图像放大，共有"50%"、"100%"和"200%"三种方式显示。

准备工作完成！

▲选择好图像后，双击缩略图。执行"查看>工具调色板"命令，可调整各项设定。最初设定为拍摄时的设定。

从RAW图像处理到图像裁剪、打印，全过程都可使用

在 EOS 550D 的套装的 CD-ROM 中装有软件 Canon Digital Professional（以下简称 DPP）。

使用 DPP 除了可以进行 RAW 图像处理外，还具有图像选择、编辑、剪裁、打印等各种功能，并且对 JPEG 图像也可作方便的处理。这里，就来介绍一下 DPP 的功能。

不过，使用 EOS 550D 的摄影初学者可能会问"RAW 格式到底是怎样一种格式呢"？

简单地说，RAW 格式就是未经任何处理的图像数据。JPEG 图像是已经被设定好了图像风格和白平衡等参数的图像，

是已经在相机内被处理后所记录的数据。而 RAW 格式图像是可以在拍摄后，使用图像处理软件对白平衡、照片风格等作各种自由调整的数据。

此外，DPP 还适合用于处理 Adobe RGB、16bitTIFF 等超高画质图像，因此可以发挥 EOS 550D 的功力，对 RAW 格式图像作后期处理，来获得自己想要的拍摄效果。请务必挑战拍摄 RAW 格式图像后，用 DPP 作处理吧。

而且，DPP 的版本升级一直在持续。升级版本会在佳能的官方网站公布并可免费下载。因此，请经常关注升级信息，DPP 也会越来越完善。

1 亮度调节

首先利用"亮度调节"功能,将
曝光调整成适当曝光。
此图中想要稍微明亮的效果,
可将亮度值调整为+0.67。

2 白平衡调节

为了使肌肤呈现出健康的颜色,
可尝试各种白平衡调节。
拍摄时的设定为"日光",不过
对这张照片,我更偏好将白平
衡设为"自动",因此将白平衡
改成了"自动"。

3 选择图片样式

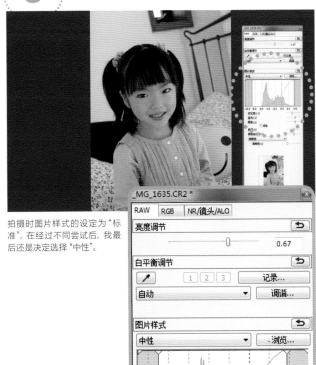

拍摄时图片样式的设定为"标
准",在经过不同尝试后,我最
后还是决定选择"中性"。

4 色调、颜色饱和度、清晰度的调整

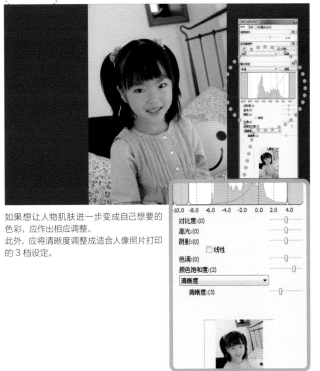

如果想让人物肌肤进一步变成自己想要的
色彩,应作出相应调整。
此外,应将清晰度调整成适合人像照片打印
的3档设定。

5 阴影警告

执行"查看>阴影警告"命令，
选中"阴影警告"，图像的相应
处会出现阴影警告。
再在"工具调色板"中调整阴影
强弱，这样既可以保证"留黑"，
又可以保证清晰的图像效果。

6 尝试调节"自动亮度优化"

选中"NR/镜头/ALO"选项面板，
调整"自动亮度优化"的强弱。可
以在欣赏图像的同时选择自己喜
欢的设定。

7 镜头像差校正

在"镜头像差校正"中选择"调谐"选项，可以校正各项像差。
可以通过像差调整来使得被摄人物变得更加可爱。虽然"色像
差"和"色彩模糊"的不同仅仅有一点视觉上的差别，但是还是
勾上效果会更好。

8 色调曲线辅助

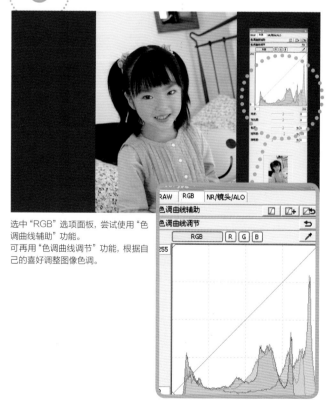

选中"RGB"选项面板，尝试使用"色
调曲线辅助"功能。
可再用"色调曲线调节"功能，根据自
己的喜好调整图像色调。

9 图像设定

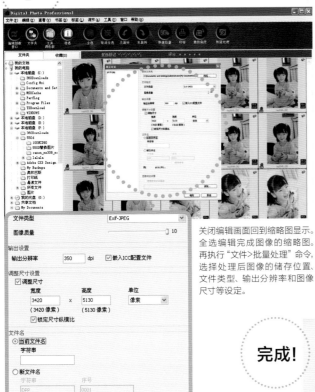

关闭编辑画面回到缩略图显示。
全选编辑完成图像的缩略图。
再执行"文件>批量处理"命令，
选择处理后图像的储存位置、
文件类型、输出分辨率和图像
尺寸等设定。

10 开始处理

最后单击"确定"选项，完成处理。
这部分可能需要花费一些时间。

完成!

比起拍摄时的图像，
处理后的图像拥有
更佳的效果。

拍摄时原图像

这是拍摄时的原图像。

■佳能 EOS 550D EF-S 15-85mm F3.5-5.6 IS USM
快门速度优先自动曝光（1/125 秒） ISO400 RAW

学会熟练使用DPP的便利功能

为了更自如地操作DPP, 获得更佳的效果, 在此介绍几个重要功能

图像的复制和粘贴

前页介绍了图像处理的全过程, 一张一张照片设定非常麻烦。

不过, 如果将类似的处理过程复制后应用到其他照片中, 就会非常轻松。

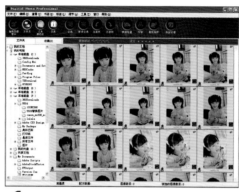

1 选中图像处理完成后的缩略图, 单击右键。选择"将配方复制至剪贴板"。

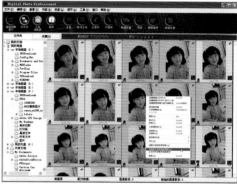

2 再选中想要应用该配方的图像缩略图, 单击右键。选择"粘贴配方", 还可以以此方式保存配方。

改名工具

该功能可变更图像的文件名。

1 选择想要改名的图像, 想要改变文件夹内的所有图像的名字则全选缩略图。执行"工具">"启动改名工具"命令。

2 输入变更后的名字。可根据拍摄时间先后顺序排列改名。

剪裁/角度调整工具

在EOS 550D附带的DPP Ver3.8中具有了使用更加便捷的剪裁功能以及角度调整功能。可以将剪裁时的比例按照3:2、4:3、5:4等进行调整, 并可以进行角度调整。剪裁时可显示网格, 使得被摄体的位置安排变得更容易。

以高速查看图像

EOS 550D拥有1800万像素和14bitRAW的性能, 用电脑查看图片时需要的时间比较多。想要节省时间时可使用高速查看图像功能。虽然一部分图像设定不能发挥作用, 但是画质和普通图像没有任何差别。执行"工具">"参数设置"命令, 在"一般设置"选项面板中可以作此操作。

镜头像差校正

这是使用RAW格式拍摄，用DPP处理图像时才能使用的功能。对JPEG格式无法使用此功能。

可以根据每种镜头的数据和拍摄距离信息进行镜头校正，这是非常有价值的功能。

使用方法

打开"工具调色板"中的"NR/镜头/ALO"选项面板，选择"镜头像差校正"选项。确定想要校正的像差，调整各参数（想要完全校正时可将各参数都调整为100）。

周边光量校正

可对镜头周边光量进行校正。在EOS 550D相机中也有同种功能，但是只能校正30%左右。

可以在使用了相机自带功能的基础上，再进行进一步校正。

无校正

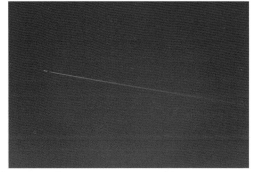

有校正

失真校正

可以校正拍摄中直线变弯曲等失真现象，可将弯曲校正回来。

对于建筑物摄影来说，这一功能犹如至宝。而且在人像摄影中也可以使用，还原人物原来的可爱面貌。

无校正

有校正

色差校正

对于色差的校正。可让使用普通镜头拍出的照片，得到如同使用采用了UD、萤石等高级镜头拍摄出的效果。

无校正

有校正

使用佳能配件，增添拍摄乐趣

使用佳能的专业配件，
可进一步增添拍摄的乐趣。
拥有这些配件，
进一步享受EOS 550D摄影的乐趣吧。

一 外接闪光灯 拥有这些，照片会变得更好看！

Speedlite 580EX II
适合各种拍摄的顶级款

独特的防尘、防水设计，使其使用范围更广。这是具有高性能的闪光灯，闪光指数为58。具有一键锁定功能、无充电音等设计，比起上一代，此款闪光灯具有更短的回电时间（闪光后到再次闪光前的充电时间）。此外，该镜头还拥有广角扩散板，使用广角镜头时也可安心使用。在最常用功能选项中，使用者可设定14项自己喜好的功能。

● 机身电池：4 节 AA 电池（锰、锂、镉和镍氢）
● 外接电源：适用
● 外形：W76mm×H137mm×D117mm（除去防尘、防水配适器）
● 重量：约 405g（不含电池）

Speedlite 430EX II
采用新功能的中级款

采用轻巧的机身，闪光量极大的弹出式闪光灯。闪光灯指数43，调整角度为左 180°、右90°。缩短了回电时间，无充电音，还采用了一键控制功能。在最常用功能选项中，使用者可设定 9 项自己喜好的功能。

● 机身电池：4 节 AA 电池（锰、锂、镉和镍氢）
● 外形：W72mm×H122mm×D101mm
● 重量：约 320g（不含电池）

Speedlite 270EX
为不满足于内置闪光灯的人所准备的实用款

非常轻巧，闪光灯输出量也比较大。闪光灯指数有 22 和 27 两级，纵向 0°~90° 4 档角度调整。具有与相机 CPU 联动的"E-TTL II自动闪光"系统，可以用相机的菜单操作设定闪光灯功能。这是一款可轻松使用的高性能闪光灯。

● 机身电池：2 节 AA 电池（锰、锂、镉和镍氢）
● 重量：约 145g（不含电池）
● 外形：W64mm×H65mm×D76.5mm（除去防尘、防水配适器）

二 电池 电池耐久性很重要，可减少拍摄压力

锂电池 LP-E8
必备的小配件

用数码单反相机拍摄时，带上预备电池必不可少。小型高性能的锂电池（DC7.4V、1800mAh）可反复进行充放电 500 次。此外，还可以装在手柄电池盒 BG-E8 中使用。

手柄电池盒 BG-E8
适合纵向拍摄时使用

可以装 1~2 个 LP-E8 电池。专为纵向拍摄准备的手柄电池盒。并不仅仅是电池盒，还可以装载 6 节 AA 电池，万一出现电池用光的情况也可以轻松应对。

三 双肩背包 保护您的器材

背包的上部空间

背包的下部空间

EOS 双肩背包

容纳性和实用性兼备

背包空间分为上下两部分，具有可随意装载的大容量。设计非常简洁而且外形时尚。内口袋的使用也完全具有自由性，防雨罩适合在下雨天等极端天气中使用，用于保护摄影器材。

- ●颜色：深灰色
- ●外部尺寸：420mm×540mm×280mm
- ●上层空间：300mm×260mm×150mm
- ●下层空间：300mm×190mm×150mm
- ●重量：2160g
- ●容纳能力：两台相机+5支镜头

装载相机和镜头的空间

收纳笔记本电脑（B5尺寸）的空间

EOS 电脑包

外出拍摄，可使用电脑作后期处理

可以同时携带相机和笔记本电脑，对于有此需求的人特别适合。具有足够大的收纳空间，背面可以装下笔记本电脑（B5尺寸），是一款新型的背包。具有同时收纳相机和电脑的特性，结实强韧，可放心携带。

- ●颜色：黑色
- ●外部尺寸：470mm×380mm×280mm
- ●内部空间（相机部分）：410mm×280mm×130mm
- ●内部空间（电脑部分）：410mm×280mm×50mm
- ●重量：2400g
- ●容纳能力：1台相机+2支镜头+1台笔记本电脑（B5尺寸）

EOS 专业单肩包

轻薄设计，受到女性欢迎

此款包非常轻巧，最适合带着相机出远门的人。设计精巧，使用也非常方便。由于设计非常时尚，因此该款包并不仅仅可作相机包使用，平时使用也非常合适。

- ●颜色：黑色
- ●外部尺寸：400mm×250mm×150mm
- ●内部尺寸：上部 360mm，底部 270mm×220mm×130mm
- ●重量：500g
- ●容纳能力：1台相机 + 2支镜头

四 相机包
用于保护镜头和相机

半硬质相机包 EH19-L
防尘设计，保护相机

可以直接装入相机装上标准套机镜头的半硬质相机包，可为您保护好重要的摄影器材。EOS 系列专用，也可以收纳 EOS 450D、EOS 500D 和 EOS 1000D，不过只有 EOS 550D 可以装载镜头同时放入包中。可以同时收纳的镜头可在佳能官方网站上查阅。

五 AV连接线
拍摄作品与全家人共享

HDMI 连接线 HTC-100
使您在电视的大屏幕上也可以欣赏拍摄作品

安装在带有 HDMI 端口的电视等装置上，用连接线连接，就可以显示 EOS 550D 所拍摄的全高清短片。两端分别为 HDMI 迷你端口和 HDMI 端口，连接线有 2.9m 长。

USB 数据连接线 IFC-200U·IFC-500U
用于直接连接相机打印照片

在 EOS 550D 连接打印机直接打印时，或是连接电脑时必须使用的 USB 数据连接线。IFC-200U 线长 1.9m，IFC-5U 线长 4.7m。可以依据电脑、打印机的使用情况选择合适的一款。两端分别为电脑 USB 端口和迷你端口。

六 遥控器
远距离操作更方便

遥控器 RC-6
增加了新功能，全新上市

在约 5m 的距离之内可遥控操作快门，拥有两种释放模式。2 秒后释放模式与之前遥控器 RC-5 相同，即时释放模式是新增加的模式。只是，该模式在 EOS-1D 系列及 EOS 50D、EOS 40D、EOS 1000D 等相机中都不适用，这点需要注意。

七 相机背带
时尚感和实用性兼具

EOS 相机背带　蓝色
相机背带+时尚感

宽度约 40mm，少有的 EOS 宽背带系列。运用柔软的材质，背带内侧采用防滑处理。由于附带了目镜罩，因此在自动和遥控操作模式拍摄下都非常好用。颜色除了蓝色之外还有黑色、绿色和红色三种。

EOS 相机背带　橙色
相机背带+时尚感（女性适用）

宽约 23mm 的 EOS 系列专用相机背带。使用柔软材质，适合肩背，内侧采用防滑处理，附带目镜罩。颜色除橙色之外还有蓝色、绿色和棕色三种。

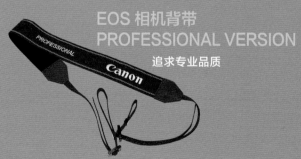

EOS 相机背带 PROFESSIONAL VERSION
追求专业品质

肩膀部位宽约 38mm 的 EOS 专用相机背带。PROFESSIONAL 字样的刺绣非常醒目。将背带长度相应缩短可卷在手腕上使用，可实现专业现场拍摄的高操作性能。此外，该款相机背带不仅仅具有操作性，在外观上也给人非常专业的感觉。